もう一度逢えたなら

～イケメン外科医に再会したらゼロ距離で溺愛されてます～

★

ルネッタブックス

CONTENTS

Lunetta

プロローグ

三月。

六年間勤務した総合病院を逃げるように退職した日、看護師の三浦奈緒《みうらなお》は贈られた花束を手に病院の暗い廊下をうつむきかげんで歩いていた。

明るい未来を夢見ての退職ではない。とある医療事故を発端に小児外科医からのパワハラを受け、責任を押し付けられての退職だった。

理不尽な出来事にいいようのない悔しさを感じながら、それに耐えて今日を迎えた。

もう限界だった。

奈緒がエレベーターを待っていると、背後から声がかけられた。

「三浦さん！」

その深く男らしい声には聞き覚えがある。奈緒は立ち止まりゆっくりと振り向く。

「名波《ななみ》先生……」

照明が暗いので顔が陰になっているにもかかわらず、均整のとれた体躯《たいく》と颯爽《さっそう》とした歩き方で、すぐに誰かはわかった。

名波涼一《りょういち》。この総合病院に勤務する胃腸科外科医だ。

奈緒は近づいてくる名波に深々と頭を下げた。

「先生、お世話になりました」

「いや、俺の方こそ……本当に辞めるのか？」

「はい」

奈緒は静かに笑みを浮かべて名波を見上げた。

もうこの顔を見ることもないのだと思うと胸がキリキリと痛む。

すっきりとカットした黒髪に涼しい眼差《まなざ》し。痩せ型に見えるけれど、その身体はどんなに長い手術にも耐えうる強靭《きょうじん》さを秘めている。

好きだった。

想《おも》いを隠して仕事をすることが日常で、次第に彼が奈緒の拠《よ》り所《どころ》となっていた。

でも、もう会えない。

そう思うと、心底辛《つら》い。

辞める原因になった出来事に奈緒は苦しめられたが、名波に会えなくなることも心に大きなダメージを負わせていた。

「よかったら……今夜、飲みに行かないか？」

その言葉に驚いて奈緒は目を見張る。

医療事故の張本人だと噂《うわさ》の看護師に優しい言葉をくれる人は少ない。ましてや退職の日に飲みに誘ってくれるなんて、どういう心境なのだろうか？

「どうして私に？」

「三浦さんにはお世話になったし、このまま会えなくなるのは寂しい。せめて酒でも奢《おご》らせてくれ」

名波にそう言われ、奈緒は呆然《ぼうぜん》としながらも頷《うなず》いてしまった。

「は、はい。ありがとうございます」


名波に連れられて訪れたのは、地下にある古いバーだった。

渋いインテリアと静かな音楽の中で白髪の男性がシェーカーを振っている。その男性が少しだけ恩師に似ていると感じ、奈緒の口元がほころぶ。

「こんな店、よく見つけましたね？」

「ここは米山《よねやま》先生に教えてもらったんだ」

今思い浮かべていた医師の名を口にされ奈緒は驚いた。

「私、店主さんが米山先生に似ていると思っていた所でした」

「従兄弟《いとこ》さんだそうだよ」

「えっ？」

　ここ数日の重苦しい状況の中で、奈緒は初めて声を出して笑った。

「ふふふっ……。血ってすごいですね」

「そうだな」

　弱いくせに、奈緒はウイスキーのロックを頼んだ。

　酒は空っぽの胃に染み渡り、疲れた身体をいとも簡単に酔わせてくれる。何杯かグラスを重ねる内に奈緒の意識は混濁していく。

　酔い潰れてもいいと思っていた。名波なら安全なところに届けてくれると信じているからだ。どこかに捨て置かれたとしてもそれも運命。運を天に任せるつもりで、奈緒は思いっきり無防備に振る舞った。

　名波は医療事故に関する話題は何も口にせず、『外科医あるある』を面白おかしく話し、奈緒の笑顔を引き出していく。気分が高揚していく中で、杯を重ねる奈緒に名波は水を勧めた。

「飲み過ぎだ。マスター、水をください」

「いいんですぅ。わたしはよいたいの。つぶれたらそのへんでねるんだから」

　緩慢な口調でもっと飲むと言う奈緒に、冷たい水を渡し名波が優しく叱る。

「頼むから、その辺に寝ないでくれ。ほら、冷たい水は気持ちいいぞ、飲んでみろ」

「はぁい」

奈緒は名波から渡された水をゴクゴクと飲んで、アルコールで火照った体を冷ました。

唇から水がこぼれ落ちると、名波は店主に新しいおしぼりをもらい奈緒の口元を拭いてくれる。そんな優しい仕草に、奈緒はポロリと本心を漏らした。

「ななみせんせいの、やさしいところがわたしはきらい」

「えっ？」

驚いて聞き返す名波から視線をそらせ、テーブルに顔を突っ伏して呟《つぶや》く。

「そのやさしさは、つみです」

そう呟いて奈緒は目を閉じる。心地よい酩酊《めいてい》の中で、髪を優しく撫《な》でられた気がした。

でもそれは多分、奈緒の願望だったのかもしれない。


目覚めると、見たこともない天井が目に飛び込んできた。静かな室内と照明の雰囲気でホテルだと気がつく。

微《かす》かな人の気配を感じて身を起こすと、名波がソファーに座ってスマホを操作していた。

驚愕《きょうがく》する奈緒に視線を向けた名波がふんわりと微笑《ほほえ》む。

「起きたね。気分は悪くない？」

「は、はい。すみません、ご迷惑をおかけして……」

「いや。コーヒーを淹《い》れるから、休んでいて」

そう言ってコーヒーを淹れ始める。奈緒が起きたら淹れようと思っていたのか、すでにお湯を沸かしていたようだ。

名波がコーヒーを淹れている間に奈緒は自分の着衣を素早く確認していた。

洋服は着ている。乱れた髪の毛を手櫛《てぐし》で梳《す》きベッドから下りた。

「あの、私……洗面を使わせてください」

「どうぞ、あっちだよ」

名波が入り口近くの茶色のドアを指す。奈緒は裸足《はだし》のまま進もうとしてよろけた。

「危ない！」

名波に腕を掴《つか》まれ、床に倒れるのを免れた。

「す、すみません」

俯《うつむ》いたまま謝ると、名波はホテルのスリッパを奈緒の足元に置いてこちらを見上げる。

「靴はクロゼットに入れているから、スリッパを履くといい」

「ありがとうございます」

名波が触れた肩が熱い。奈緒はふらつきながら洗面室に向かった。

鏡には、栗色《くりいろ》の髪がもしゃもしゃに乱れた浮腫《むく》んだ顔の女が映っている。口を濯《すす》ぎ、顔を洗ってアメニティーの化粧品をパシャパシャと顔に叩《たた》きつける。乱れた髪を櫛でとき、シワシワの服を手で伸ばしてなんとか体裁を整えて出ていく。

「コーヒーできたよ」

「ありがとうございます」

差し向かいでソファーに座り、コーヒーを味わう。酔って醜態を晒《さら》した羞恥から、奈緒は俯いたままでいた。

「これを飲んだら出よう。送るよ」

そう言われ、奈緒はハッと顔を上げて名波を見つめた。

好きだった人。このまま別れたら、もう二度と会えなくなる。

そう思うと自然と涙が滲《にじ》んだ。

おかしなことだ、パワハラを受けた時には涙など出なかったのに、目の前にいる男を想うだけで泣けてくるなんて。

溢《あふ》れ出る想いに勇気付けられるように、奈緒の口から大胆な言葉が洩《も》れた。

「先生、私を抱いてください」

コーヒーカップに口を付けようとした名波の動きが止まり、射るような眼差しが奈緒に向けられる。

「三浦さん、本気か？」

奈緒は眉を下げ、微かに笑みを浮かべて頷いた。

「本気です。先生を使ってごめんなさい。男の人に抱かれて、ズタボロの自分を癒《いや》してもらいたいんです」

非常識なことを言っているのはわかっている。それでも恋心を隠したのは、かろうじて残っている奈緒のプライドのせいだったのかもしれない。

『好きだから抱いてください』なんて、縋《すが》って言うものじゃない。

ただ快楽を得たいから体を貸してほしいだけ。そう言われたほうが相手も気が楽なはずだ。

もし名波から『自分を大事に……』なんて説教じみた言葉が出たら、奈緒は冗談ですと言ってすぐに部屋を飛び出すつもりだった。

しかし、名波は労わるような眼差しでただ奈緒を見つめ、コーヒーカップをテーブルに戻す。

「色々あったから疲れているんだろう。やけくそになって男を誘ってはダメだ」

「なぜダメなんですか？　女にだって性欲はあります。……もういいです！　先生がダメなら、誰か他の人を探します」

ここまで言うつもりはなかったのに、奈緒は口から溢《あふ》れた言葉に急《せ》き立てられるように立ち上がった。

バッグを手に、スリッパのまま出口に向かう。

「三浦さん、待ってくれ」

腕を取られ体が反転した。そのままきつく抱きしめられ、気がつくと名波のキスを受けていた。

押し付けられた唇は熱く、奈緒の粘膜を溶かしていく。舌が口腔《こうこう》をくまなくなぞり奈緒の口から呻《うめ》き声《ごえ》が漏れた。

「う……」

強く吸われ、互いの舌を絡ませ合い、キスは果てしなく続いていく。背中に置かれていた手が、奈緒の柔らかい髪の毛を弄《まさぐ》り乱していく。

その感触にうっとりしながら、奈緒は名波のシャツにしがみ付いた。

やがて唇が離れ、二人は見つめ合う。

「三浦さん、奈緒……好きだ」

「……え？」

突然の告白に奈緒は戸惑ったが、名波は可哀想《かわいそう》な自分を慰めてくれているのだと思った。

身体を引き寄せられて、また唇を塞がれる。先ほどよりも激しく吸われ、嵐のようなキスに吐息さえも奪われていく。

明日から別の土地で生きていくことを決めていた奈緒は、想い続けていた男に強く抱きしめられ身体を預けた。

脱ぎ捨てた衣類がベッドの下に散らばり、二人は飢えたようにまた唇を貪り合う。舌を持っていかれそうなくらい強く吸われ、苦しさが身体の昂《たかぶ》りを誘う。

飽くことなく続くキスの合間にも名波の手が忙《せわ》しなく奈緒の体を弄り、乳房を荒々しく揉《も》み互いの体温は上昇していく。

「ああ……ずっと君に触れたかった」

名波が甘いため息の合間に囁《ささや》くけれど、奈緒の耳には入ってこない。

溺れた人が差し伸べられた手に必死に掴まるように、無我夢中で名波の体に取りすがり悦楽を貪っていた。

身体の線を優しく撫でる手がもどかしい。もっと激しく求めてほしい。そうでないと、奈緒は自分がどうにかなりそうで怖かった。

「ね、もっとキスして……強く……っ」

キスをねだり腰を押し付けて名波の欲情を誘う。

普段の奈緒とはまるで別人のように大胆に求め、避妊具を付けている間も待ちきれないとでも言うように下唇を噛《か》み名波を見つめる。

名波はそんな奈緒を、まるで愛《いと》おしい人のように見つめキスを落とす。

両膝を押し蜜口を露《あら》わにすると、硬く大きな昂りに手を添え愛液を纏《まと》わせる。それをゆっくりと震える花弁に擦り付け円を描くように動かした。

花弁は赤く滑り、愛液とゴムの擦れる音が耳に届く。小さな尖《とが》りがねっとりと嬲《なぶ》られると、すぐに熱をはらんで甘く疼《うず》く。

「あっ、あ、や……っ、気持ちい……」

喘《あえ》ぐ奈緒の耳元を喰み、名波が囁いた。

「奈緒、気持ちいい？　なぁ、挿れてもいいのか？」

名波の問いかけに奈緒は目を見開いて応える。

「挿れて……っ、もう……私をぐちゃぐちゃにして……」

「わかった」

蜜口から屹立《きつりつ》がズブズブと入ってくると、奈緒は一気に背をしならせて喘いだ。

「あぁ……っ」

待ち焦がれていた物を与えられ、内襞が蠢《うごめ》きながら張り詰めた昂りに縋りつく。強烈な快感に身体を震わせ、奈緒は高い声を上げる。

「ンあぁッ！」

「あぁ……奈緒の中、すごく締まっている。持っていかれそうだ」

剛直が隘路《あいろ》を広げながらゆっくりと進んでいくと、溢れる蜜のせいでグチュグチュとゴムが擦れる音が部屋に響く。

好きな男と初めて肌を合わせているというのに、今夜の奈緒の精神状態は脆《もろ》く不安定で、名波の熱を受け止めている内に自然と涙が滲んでくる。

(優しくしないで……もっと激しくしてほしい)

気持ちの昂りを表すように、奈緒は潤んだ瞳で名波を見上げて甘く喘ぐ。

ゆっくりとした抽送が繰り返され最奥が穿《うが》たれると、腰に痺《しび》れるような愉悦が込み上げてくる。

「あぁ……っ……あっ、あっ、あぁん。……ぁや、きもちい……いッ！　先生っ、もっと激しくして……」

「奈緒……っ」

乱れる奈緒の髪を撫でて唇を塞ぐ。甘く、時に激しく口付けられながら穿たれ、奈緒は名波の腰に脚を絡ませて愉悦を貪る。

体が熱い。名波に触れられた肌はどこもかしこも甘く疼き、ほのかな朱に染まっていく。

腰が打ち付けられる度に、揺れる乳房が長い指に捕らえられ形を歪《ゆが》ませる。指の腹で先端が捏《こ》ねられて硬く尖り名波を誘う。

先端が熱い口に含まれると、快感に内股が震え中壁が昂りをきつく締め付けていく。

奈緒は喘ぎながら、甘い声でキスをねだった。

「んッ！　んっ、んっ、ん……っ、ね、せんせい、キスして……っ」

願い通り唇が塞がれ、強く吸われて苦しさに喘ぐ。

名波から与えられるものは苦しみさえも甘く、奈緒は必死に酸素を求めながらも舌を絡ませ腰を押し付けて愉悦に塗《まみ》れた。

キスの途中でフッと唇が離れ、名波が奈緒を見つめて名を呼ぶ。

「奈緒……」

名を呼ばれただけなのに、なぜか『好きだ』と言われた気がした。奈緒は潤む瞳で名波を見つめ、唇だけで応えた。

『好き』

その直後、最奥まで深く穿たれ、膣中が激しく収縮する。内襞が剛直にねっとりと絡みつき、離すまいと締めつけた。

名波が目を閉じ快感に震えるのを、奈緒は至近距離で見つめていた。

「……くっ、奈緒……ッ！」

「せんせいッ、あぁっ……あ、や、イク……ッ」

頭が真っ白になるほどの快感に襲われ、奈緒は絶頂を味わった。……その後、二人は柔らかいベッドで抱き合い、泥のような眠りに落ちたのだった。


夜明け前に目覚めた奈緒は、まだ眠っている名波を見つめていた。もし今名波が目覚めたら、米山医師の紹介で瀬戸内《せとうち》の島で就職することになったと伝えよう。そう決めていた。

しかし、名波はよほど疲れていたのか、奈緒が静かにベッドを下り身繕いをする間も目覚めることはなかった。

ドアに手をかけもう一度振り返るが、ベッドの上掛けからはみ出た名波の足はぴくとも動かない。

(先生、さようなら)

奈緒は名波を置き去りに、部屋を出て行ったのだった。

第一章　再出発

「うーっ、寒い」

二月の終わり、島の寒さは緩む日もあるものの、未《いま》だダウンジャケットが手放せない。奈緒はポケットに手を入れ小走りで車に向かった。

瀬戸内の小さな島の診療所に勤務して二年、奈緒は二十八歳になっていた。

仕事はたまに忙しい時もあるが、都内の総合病院に勤務していた頃に比べればありえないほど暇で、こうして夕日を眺める時間も十分に取れるようになった。

遠くの島に沈む夕日は眩《まばゆ》いほどの光を放ち、薄青い空をオレンジ色に染め上げようとしている。夕日が島の影に隠れれば、空は暗い青色を帯び一気にあたりは暗くなるだろう。

世帯数が八百ほどのこの島に診療所が再建されたのは五年前だそうだ。三年ごとに開催される国際芸術祭の会場に島が含まれているおかげで、移住者が少しずつ増えて活気を取り戻しつつあると聞く。

前任者の看護師が定年退職をする折に、恩師である米山医師の計らいで奈緒はここにやってきた。元々島の生活に興味があった訳ではない。やむにやまれぬ理由があって都会から逃げてきたというのが実際のところだ。

都会で看護師をしていた頃には身だしなみに気をつかって出勤していたが、この島では普段着のノーメイクで過ごしている。

奈緒は二十代の女性の一般的な身長で細身の体型だ。月に一回はヘアサロンで手入れしていた栗色の髪も、今では背中を覆うほどの長さになっていた。

身なりには構わなくなっていたけれど、俯きがちだった顔はしっかりと前を向き、穏やかな性格ながらも仕事へのプライドは失ってはいない。

島を訪れた頃は、自信も情熱も消え、感情のない人形のような顔で過ごしていたが、やがて島の生活に慣れ、規則正しい毎日を送っている間に自分を取り戻していった。

時間薬とはよく言ったものだ、今では次第に仕事への情熱がむくむくと湧いてくるのを感じていた。

しかし、一人の夜に、ときおりある人を思い出してもの想いに耽《ふけ》る時がある。

忘れられない人がいる。

あの病院に彼はまだいるのだろうか？　白衣の裾を靡《なび》かせて早足に廊下を歩いているのだろうか？　今も熱心に患者に寄り添っているのだろうか？

『会いたい』と、胸の奥から想いが溢れて止まらなくなってくる。

気がつくと空はすっかりオレンジ色に染まり、予定の時間を過ぎていた。

「いっけない！　香《かおり》に怒られる」

急いで車を発車させると、奈緒は待ち合わせの場所に向かったのだった。


「おそーい」

「ごめん！　ボーッとしてたら時間が過ぎてた。かなり待ったよね？」

奈緒が手を合わせて謝ると、友人の小坂《こさか》香がニッと笑って首を横に振る。

「到着が遅れたから、そんなに待ってないよ。それより、仕事で疲れているのに迎えにきてくれてありがとね」

「ううん。久しぶりに香に会えるのを楽しみにしていたんだ。さ、行こうか」

旅行カバンを後部座席に乗せて奈緒は自宅へと向かう。

香は奈緒が以前勤めていた総合病院の同僚で、今回は休暇をとって奈緒に会いにきてくれたのだ。メールや電話では交流はあったけれど、顔を合わせるのは二年ぶりだ。

「奈緒、相変わらず車は綺麗《きれい》にしているね」

「だって、気に入って買った愛車だもん。古いけどよく走ってくれるよ」

奈緒には趣味が色々あるが、愛車を駆ってドライブをするのが大好きだ。以前はよく香を誘って近場の観光地にドライブしていた。

久しぶりに香を隣に乗せると、かつてのキラキラした日々が蘇《よみがえ》ったようで気持ちが浮き立つ。

借りている一軒家に辿《たど》り着《つ》き、お茶を淹れて一息ついた。

今夜は島唯一の居酒屋に行くつもりでいたのだが、香が疲れているのなら手料理を振る舞おうと思っていた。

「香、疲れてない？」

「全然！　ねえ奈緒、外食するって言ってたけど、この島に飲食店はあるの？」

「あるよ。魚介類が新鮮な元漁師が経営する居酒屋」

「へー。じゃあ、そこに行こうよ」

ということで、二人は歩いて居酒屋に向かう。香はお洒落《しゃれ》なコートを着てメイクもしているが、奈緒は着古したダウンジャケットにノーメイクだ。その姿を見た香が複雑な表情を向ける。

「あの奈緒が、メイクもしないでお出かけするなんて」

「……うっ、それを言われると痛いなあ」

確かに、ここ二年ほどの間でメイクをしたのは実家に帰る時だけだった気がする。以前は毎日メイクをしていたし、服装だって流行を意識してそれなりにお洒落をしていた。

「そういえば、仕事上ネイルだけは諦めていたけど、エステやマツエクで女磨きに余念がなかったよね。なんだか遠い昔のことに思えるわ」

「奈緒……」

おしゃべりしている間に居酒屋に着いた。店に入りテーブルに着き、ビールと刺身盛り合わせを注文する。おしぼりで手を拭いていると、香がメニューを見て目を見張っている。

「ねえ、魚介類がこの値段って……どういうこと？」

「都会とは違うわよ。それに地元でいくらでも獲《と》れるから、高い値段をつけても誰も注文しないんじゃないかな」

「へぇ……じゃあ、次は何を注文しようかなぁ」

「刺身の盛り合わせを見てからにしたら？」

お待たせしましたー。と元気な声でビールと刺身がテーブルに置かれる。刺身の量と新鮮さに香がすぐさまメニューを閉じた。

「うわっ！　すごいね」

「でしょ。とにかく乾杯しようよ」

二人は乾杯をして刺身に舌鼓を打つ。

ビールを飲み終わると、二人は二杯目を注文する。香の愚痴や病院での出来事を聞かされているうちに、気持ちが騒いで泣きそうになった。

自分も同じ現場で働いていたのだと思うと、居ても立ってもいられない焦燥感に駆られる。のんびりとした診療所での仕事は傷ついた心を癒してくれたけれど、あの大きな病院で感じられた臨場感や緊迫感はなく、あるのは安らぎと平凡な毎日だ。

しかし、奈緒には復帰できる自信がない。またあんな目に遭ったら、今度こそ心が壊れてしまうかもしれないからだ。


居酒屋でお腹《なか》いっぱいになって店を出ると、寒空には沢山の星が瞬いていた。

「わぁっ星！　すごーい」

香が空を見上げながら歓声を上げるが、奈緒は見慣れているので、すでに感激は薄れている。

「ねぇ奈緒、こんな良いところに住んだら、復帰するのは嫌になる？」

「えっ……総合病院のこと？」

「うん。帰ってくる気はないの？」

香の言葉に、奈緒は目を逸《そ》らして口ごもった。

「それは……」

「あんなに仕事熱心だった奈緒が島の看護師で満足できているの？　患者さんも少ないからやりがいもないでしょう？」

「う、うん……。だけど、島の人は穏やかで優しいよ。ここには恐ろしい教授も怒鳴る先生もいないしね」

俯いたまま答えた奈緒は、香と歩調を合わせながら夜道を歩いた。

二年前まで奈緒は、がん性疼痛《とうつう》看護認定看護師として都内で公立の総合病院に勤務していた。認定看護師とは、通算で五年以上の実務経験をこなした後カリキュラムに沿った研修を受け、試験に合格した看護師が修得できる資格だ。

さまざまな種類の認定看護師がいる中で、奈緒はがんの痛みをコントロールする治療についての研修を受けた。それは、入職してからずっと外科病棟でがん患者と接していたせいだった。末期の患者さんに寄り添って、苦痛を和らげる手助けをしたい。……かつての奈緒は、そんな真摯な思いで看護に向き合っていたのだが、ある事件のせいで全てを失ってしまった。

終末期の小児の対応をしているときに医師との間でトラブルが起こり、医療事故が起きてしまったのだ。

小児外科医の指示ミスを指摘したことで、医師が激怒し奈緒は激しく責め立てられた。その後医師は患者への処置を再開したが、奈緒の指摘通り投与量が患者に合わず容態が急変した。その際に医師がパニックになり、患者への対応が遅れたため、患者は一時的に昏睡《こんすい》状態に陥ったのだった。

患者家族から苦情があった際に、小児外科医は奈緒に責任をなすりつけた。そのため医療事故の原因が全て奈緒にあるとされて非難されたのだった。

奈緒は状況を説明して理解を求めたが、主張は受け入れられず、激しいバッシングを受けて病院を逃げるように退職した。

奈緒が言う『恐ろしい教授』とは、その小児外科医の父親で、当時系列の大学病院で権威を振るっていた小児外科教授のことだ。

彼は、デタラメで悪意のある奈緒の噂を流し、攻撃して息子を擁護した。全ては自分の責任だとわかっているはずの小児外科医は、ダンマリを決め込んで真実を語らなかった。

あの時奈緒と対立した医師の名は安藤《あんどう》といい、事件の始まりは些細《ささい》な会話からだった……。

事故前のカンファレンスの際に、奈緒は今回の小児の緩和療法は麻酔科に任せてはどうかと安藤医師に提案をしたのがいけなかったのだ。

安藤は奈緒の提案に激昂《げっこう》し拒否をした。

終末期で緩和療法のみになった患者や、疼痛管理が難しい患者の対応を麻酔科医に依頼する医師は多い。しかし安藤医師は自身が最後まで診ると頑《かたく》なだった。

一般的にはもちろん医師の判断を尊重するものだが、安藤医師は経験が浅く患者やその家族への説明も十分にできていなかった。

奈緒は普段からそれをフォローしつつ、さり気なくさまざまな提案をしていたのだが、安藤医師の逆鱗《げきりん》に触れてしまい、トラウマレベルの罵倒を受けた。

その後、安藤は周りの言葉を全く聞き入れなくなり、麻薬の投与量ミスにつながったのだった。

医師の判断が最悪のトラブルを招いてしまった訳だが、不幸中の幸いか、患者は一時昏睡するもその後回復したと聞いている。

奈緒は病院を追われるように退職をしたので、患者に会えなかったのが心残りだった。

そうして……奈緒だけが割を食って今ここにいる……というわけだ。

しかし、世の中はそうそう捨てたものではない。

以前から奈緒が『師』と仰ぎ、認定看護師への道を開いてくれたベテランの外科医、米山医師が奈緒にこの島での就職を世話してくれた。

『ほとぼりが冷めるまで島でのんびりしていなさい。いずれ呼び戻すから』

そう言い、送り出してくれたのだった。


家に戻って、香はワインを飲み奈緒はコーヒーを淹れておしゃべりを続けていた。お酒に弱いくせに飲みすぎる香は、真っ赤な顔でソファーにもたれかかり奈緒にふと尋ねる。

「そういえば、名波先生って覚えている？」

コーヒーを持つ手が震えそうになって慌ててテーブルに戻す。

名波のことを忘れるわけがない。

香は奈緒と名波の関係を知らないので、噂話《うわさばなし》を嬉々《きき》として聞かせてくれる。

「奈緒が島に移ってすぐに病院を辞めてさあ、フリーのドクターになって短期間全国の救急を渡り歩いたらしいのよ。その後はアメリカで救急医療を学ぶってことで渡米したんだけど、春に戻ってくるらしいよ」

「……えっ？」

辞めたことも渡米のことも知らなかった。名波はあの病院で頑張っているのだと、奈緒は思い込んでいたのだ。

「びっくりだよね。米山教授の差配だってもっぱらの噂。あ、米山先生が系列の大学病院で教授になったのも知らないよね？」

「知らなかった……。この短期間にすごいね。じゃあ、もう他所の病院での診察はされていないの？」

「うん。大学病院で辣腕を振るっているらしい。時期がくれば学部長になって、いずれは学長だなんて噂されているよ。あのお方、政治力が強かったんだねー」

米山医師は腕もいいが、それよりも組織の中での人心把握術が天才的で、彼の人柄に皆魅了される。かく言う奈緒も教授を恩師と慕っているし、名波とは親子ほどの年齢差を超えて友人関係に近い親しさだった。

「そうなんだ。まぁ……米山先生なら、出世は間違いないと思う。ただ、それを本人が望んでいるかは謎だけど」

「あははっ、確かに！　あの人『僕は楽しくお酒を飲めれば出世なんてしなくていいんだよねー』なんて言いそうだもん」

香が奈緒の言葉に同調して笑うが、やがて会話は真面目な話に移る。

「でさ、私も来年度から大学病院に異動になるんだけど……」

「わ、おめでとう。前から希望していたもんね」

香は以前から大学病院での勤務を希望していた。理由は香らしく『大学病院には面白そうな人が多そうだから』という、趣味レベルの興味なのだが。

「ありがとう。で、奈緒、そろそろ帰ってこない？」

「……え？」

香は目を輝かせて奈緒に詰め寄る。

「あの怖い小児外科の教授は退職するから安心だし、米山教授や私がいるから楽しいと思うよー。ねぇ、大学病院で前みたいにバリバリ仕事をしたいと思わない？」

「……」

「実はさ、米山教授の伝言を預かっているんだよね。『三浦さん、今度は大学病院で僕を助けてね』ですって」

「うそ……っ、教授が？　香にそんな伝言を頼んだの？」

「そうなのよ！　中途採用者は即戦力を求められてしんどいけど、奈緒なら楽勝でしょ？　ねえ、戻ってきてよ。私も奈緒がいないと寂しいよ」

「香……」

香から聞かされた情報は奈緒には濃すぎるもので、すぐには決められない。返事を保留することにして、病院の話は終わった。

翌日、香をフェリー乗り場から見送って自宅に帰ると、米山教授がいると聞く大学病院のサイトを閲覧する。今まで一度も以前の職場に関係する人物を検索したことはなかったが、事実かどうかを確かめたかったのだ。

「あ、あった」

消化器外科教授　米山光司《こうじ》と書いてあり、顔写真も載っている。相変わらずボルゾイ犬を思わせる貴族的な風貌で、白髪のダンディーなおじさまだ。

奈緒は以前在籍していた病院のサイトも閲覧したが、香の言うとおり、消化器外科医の中に名波の名はなかった。

(そうか……随分と遠いところにいっちゃったんだね)

春に帰国と聞いたものの、医局を飛び出してフリーになった名波に会える可能性は低いだろう。部屋の窓から見える空を見上げて奈緒はため息をついた。


翌週には、診療所で診察をする医師がフェリーとタクシーを乗り継いでやってきた。

島の診療所には常勤の医師はおらず、本土から医師が週二の割合で派遣される。待っていた患者達はやっと診てもらえると嬉《うれ》しそうだ。

奈緒と薬剤師の二人は、医師がいない日にも診療所で仕事をしている。薬がなくなった患者や、稀《まれ》ではあるが急病の患者に対して広島の大学病院と提携してオンライン診療をしているのだ。

オンライン診療では、患者の診療時間が長くなりかなり手間取るが、島に直接来るよりは医師の負担が少ない。

島の人たちもわかっていて、医師不在日にはほぼ患者は来ない。薬剤師は年配の女性で、のんびりと仕事をしていたし、奈緒も暇な時には勉強をして過ごしていた。

この長閑《のどか》な島での二年間は、奈緒にとって大切なものだった。

でも、確かに香の言うことは当たっている。

優しい人々に囲まれて過去に負った傷をここで癒し、穏やかな日々を送りつつも、「これでいいの？」と、焦燥感が顔を出す。

（このまま島で一生を終えるの？　本当にそれで満足？）

そう問いかけられたら、奈緒は即座に首を横に振るだろう。

急変した患者の対応をする臨場感。医師や同僚との連携プレイや、ピンチを乗り越えた後の安堵《あんど》と満足感。

そして、懸命に仕事をして正当に評価される喜び。それらを思い出すと、いてもたってもいられなくなるのだった。

月曜日の長い診察が終了して自宅に戻ったのは午後七時を超えていた。

今日の診療所は、島中の老人がやってきたのかと思うほどの数の患者でごった返し、なかなか診察が終わらなかった。

疲れ切っていたので、冷凍うどんを湯掻《ゆが》いて温泉卵とネギで釜玉うどんにして食べる。

お腹が膨れたのでソファーでぼんやりしていると、いきなりスマートフォンに着信があり驚いて手に取った。

米山教授からだった。スワイプして耳に当てると、懐かしい声が響く。

「やあ、久しぶり。三浦くん元気だった？」

「先生、お久しぶりです。教授になられたと小坂さんから聞きました。おめでとうございます」

「ありがとう。早速なんだけど、小坂君から僕の伝言は聞いたよね？　どう、戻ってこない？今度は大学病院だから、前よりも忙しくなるけどやり甲斐《がい》はあるよ」

「……先生、私にできるでしょうか？」

ここでのんびりと仕事をしていたから、いきなり忙しい大学病院は無理かもしれない。本当の心配事はそれではないのだけれど、奈緒は米山に弱音を吐いた。

「そう言うってことは、すでに乗り気になっている証拠だと僕は思うけどなあ。帰ってきなさい。これからキャリアを積むことができるし、大学病院の看護部は待遇が良いから将来的にも安心だ。それに……君を待っている人がいる」

「待っている人？」

その問いに米山は答えてくれず、スマートフォン越しに笑っているだけだ。

奈緒は深く考えずに、待っているのは患者さんのことだろうと抽象的に捉えた。

「三浦君、今度の休みに上京してみないか？」

「上京……ですか？」

教授の求めに応じて上京をすることになったのだが、週末になるまで奈緒はずっと悩んでいた。上京すれば、大学病院への就職は決定的になるのだろうとわかっていたからだ。

かつて、がん性疼痛看護認定看護師としての自分の仕事ぶりを米山は高く評価してくれていた。

だからこそ、ほとぼりが冷めるまでこの島でのんびりと仕事をしてみないかと紹介をしてくれたのだ。

その米山自身が教授を務める大学病院に誘ってくれたのは、言葉通り奈緒を必要としてくれているからに違いない。

悩んだ結果……。

お世話になった教授の望みなら、行くべきだと奈緒は決心した。

たとえ、古傷を探られることがあったとしても、看護師としての誇りを取り戻したいという思いも強かったのだ。

もう一度、看護師としてやりがいのある仕事をしたい。必死に習得した知識や技術を捨てたくない。一度は心折れて投げ出したけれど、もう逃げたくない。

（私は強くなれるのかな……？）

米粒ほどの自信と看護師としての誇りを胸に、奈緒は上京を決心した。

週末に早起きしてフェリーや新幹線を乗り継いだので、午前中だというのにすでに疲労がピークに達していた。

しかし、見慣れた都会の風景が車窓に現れると、次第に気持ちが高揚してくる。

米山教授に指定された場所に電車を乗り継いで向かうと、二年間島にいただけなのに、人の歩くスピードや全てにまごつく自分に驚く。

ようやく大学病院に辿り着くと、どっと疲れが出る。恐々と病院に足を踏み入れ、事務局に向かった。

そこには教授の他にスーツを着た男性が奈緒を待っていて、人事課職員だと紹介をされ説明を受ける。

就職すること前提で話が進むことに若干戸惑うも、教授の顔を見ているとそれを口にするのも無粋な気がしてきた。

四月から就職するための必要な書類を手渡され、人事課職員の説明を真剣に聞く。新卒ではなく経験者なので試験は免除されるが、沢山の書類に記入が必要らしい。

「消化器外科病棟に配属される予定になっているけど、大丈夫だよね」

教授は軽く言うが、いきなり病棟はキツいものがある。しかし、奈緒は頷いた。

「はい。努力します」

「小坂君も同じ病棟に配属されるから安心だよ」

それはものすごくありがたい。慣れない病院でいきなり病棟勤務をするのは不安だが、友人と一緒なら心強い。

「はい。ありがとうございます」

「近いうちに看護部長と病棟師長との面接もありますので、またご連絡します」

人事部の男性の説明に頷くしかない。

看護師専用の寮があるらしいので、最初のうちは寮で生活をしたいとお願いした。今勤めている診療所への連絡や後任については教授が動いてくれることになった。

……こうして、奈緒の再就職はあっけなく決定したのだった。

第二章　新天地

三月の終わり、奈緒は看護師専用寮への引っ越しを終えて、大学病院の看護部長室に来ていた。奈緒を含む中途採用者五名が並んでパイプ椅子に座り、看護部長の話を神妙な面持ちで聞いているのだが、『即戦力』というフレーズが何度も出てきて身の引き締まる思いがした。就職した後の仕事ぶりで、採用するんじゃなかったと思われては、紹介してくれた教授の顔を潰すことになる。

必死に仕事をするしかないのだと、奈緒に闘志が湧いてきた。

その後、各配置部署の責任者と打ち合わせをするために、奈緒は五階にある消化器外科病棟にエレベーターで向かう。

ナースステーションを覗《のぞ》き込《こ》むと、病棟にリクルートスーツ姿は異質と見え、すぐに看護師の数人がこちらに気がついてくれた。

「四月から配属予定の三浦と申します。師長はいらっしゃいますか？」

「ああ、呼んできますね。座って待っていてください」

丸椅子に座って待っていると、師長ではない別の女性がキビキビとした足取りでこちらに向かってくる。

「三浦さん？　主任の野々下《ののした》です。談話室に行きましょう」

ショートカットに薄いメイク、少し早口でデキる上司の見本みたいな人だ。奈緒は慌てて立ち上がり主任に付いていく。

談話室で椅子に腰をかける前に挨拶をする。

「三浦奈緒と申します。四月からよろしくお願いいたします」

「野々下です。三浦さんが来てくれることになってホッとしているのよ。どうぞ座って。師長は今日急用で休暇をとっているんだけど、三浦さんのことは申し送りを受けているから安心してね」

ホッとしているとはどういうことなのか？　奈緒は目を丸くして言われるがまま席に着く。

「ご存じとは思うけど、大学病院でも看護師不足は深刻なの。だから認定看護師がいきなり来てくれるなんて、私達にとっては棚ぼたなのよ」

そう言ってニヤッと笑う。率直な物言いに奈緒は好感を抱いた。

就職前に面談をした師長も感じのいい人だったので、奈緒は大学病院で仕事をすることへの不安が次第に薄れてきた。

「二年間忙しい現場から離れていたので、初めはまごつくかもしれませんが、ご期待に添えるよう精進いたします」

頭を下げると、クスクスと笑われる。

「教授の言った通りだわ。三浦さんは真面目な人なのね」

「米山教授ですか？」

「ええ。私は教授が若い頃からの知り合いなの。三浦さんは系列の総合病院で教授にお世話になったのよね。師長共々大体のことは聞いているから、心配はいらないわ」

安藤医師がらみの医療事故のことだろうか？　確認をしたくて奈緒は主任に尋ねるが、意図せず声が震えてしまう。

「あの、それは……？」

奈緒の様子が不安げなものに変わったので、主任は元気づけるように笑顔で頷く。

「医療事故に巻き込まれて総合病院を退職したことは知っているわ。実は……安藤先生は四月から大学病院に異動するの。でも、小児外科から小児科に鞍替《くらが》えしているから、関わりはほとんどないと思うわ。だから安心して」

「安藤先生が、この大学病院に赴任されるんですか？」

驚きで思わず腰を上げそうになる。

「ええ。彼も例の件でかなり痛い思いをしたらしいわよ。驚かせてごめんなさい。それから、三浦さんと安藤先生との関係を知る人は病棟では師長と私だけだから安心してちょうだい」

「は、はい。お気遣いありがとうございます」

その後、病棟についての説明や必要事項の伝達をしてもらい、主任との面談は終わった。

安藤医師が大学病院に赴任すると聞いて、気持ちがザワザワと騒ぐ。

安藤から受けたパワハラの傷は癒えていると自分では思っているけれど、実際に彼に会えばどうなるか自信が持てなかった。

しかし、今度は絶対に逃げ出すわけにはいかない。

(何もなければいいけど、頑張るしかないよね……)


安藤の話を聞いて動揺しているとはいえ、貴重な休みの間に鬱々と過ごすのは勿体《もったい》ないと思い、寮での生活のためにインテリア用品を買《か》い揃《そろ》えようとインテリアショップを見回ることにした。

島では一軒家を借りていたが、家具付きだったので新たに揃えたものはなかった。

実際、インテリアを楽しむ心の余裕もなかった訳だが……。今回気持ちを新たにしたくて、島で使っていた私物はほとんどを人に譲り、鍋や小物も許可を得てそのまま借家に置いてきた。

まっさらな状態からの再出発は身軽で、茶碗《ちゃわん》ひとつから揃えるのは楽しい。

大好きなアロマキャンドルやその他の雑貨数点を選び、夕方近くまで買い物をして寮に戻る。

大学病院の看護師寮は数棟あり、奈緒の寮は病院から少し離れた場所にある。香も寮に引っ越しをしたが、棟が違うので好きな時に会えるわけではない。

しかし、主任から聞いた安藤の話が衝撃的だったので、どうしても香と話がしたくてメッセージアプリで連絡を取ることにした。

すると、すぐに電話がかかり友の優しさに安堵する。

『何それ？　安藤先生はまだ総合病院にいるはずだけど！　何も奈緒に合わせるみたいに異動しなくてもいいのに！　嫌なヤツだなぁ』

香の口調が最初からヒートアップしているので、奈緒の方が落ち着いてきた。

「私もそれは思ったんだけど、人事だから仕方ないよね。でも、小児科に鞍替えしているって聞いたので、そこは安心かな」

『あ、そうか！　消化器外科の病棟とは絡みがほとんどないもんね。まぁ後はバッタリ会うのが嫌だけど、大学病院は広いからその可能性も低いかな』

「うん……ありがとう。話をしたら落ち着いてきた。これで月曜日には気持ちよく出勤できそう」

月曜日の朝は式典とその後の説明会に出席した後、昼食を院内のレストランで摂《と》り更衣室で制服に着替える。

異動組の香とは病棟で顔を合わせてホッとした。

「奈緒、眠れた？」

「うん、大丈夫。病棟の雰囲気はどう？」

「まあまあかな。仕事を終えたら、教授に挨拶に行かない？」

「そうだね。会えるかなあ」

そんな話をしていると、互いの教育係の看護師に呼ばれ、本格的な仕事が始まった。午後四時半にもなると、日勤者が準夜勤者に申し送りをする時間なのでスタッフが多くなる。

それを狙って、師長が皆をナースステーションに呼び寄せる。この病棟の新参者は奈緒と香だけで、挨拶をすると拍手で迎えられた。

新入りナースの一連の行事を終えたのは午後六時過ぎになっていた。奈緒は香と共に渡り廊下を歩く。

「疲れたー。教授に挨拶に行くのは別の日にする？」

総合病院にいた時には米山医師と毎日顔を合わせ普通におしゃべりしていたが、冷静に考えると教授に気軽に会いに行くのは躊躇《ためら》われる。香に聞くと同じ意見で、挨拶に行くのは止めることにした。

「考えてみれば、教授がどこにいるかも知らないのよね。以前なら姿が見えない時には直接電話をしていたけど、出世しちゃったからそうもいかないしね」

奈緒がそう言うと香も頷く。

「だねー。病棟で会った時に挨拶をしたらいいと思う。それに、用事があれば教授から連絡があるだろうし」

「そっか、そうだよね」

と言うことで、二人は更衣室に向かったのだった。


奈緒が再就職をして一週間が過ぎた。病棟看護師としての仕事にも慣れ、すでに多忙を極めているが、忙しいことが嬉しくてたまらない。

病棟で患者のケアを終えナースステーションでカルテに看護記録を入力していると、急に外が騒がしくなった。

病棟フロアに白衣の人だかりができているので、隣で仕事をしていた先輩看護師に尋ねる。

「沢田《さわだ》さん、フロアが騒がしいんですけど、あの人だかりはなんでしょうか？」

「え？　……ああ、教授回診が始まったのよ。三浦さんは見るの初めて？」

「はい。大学病院は初めてなので、教授回診を見るのは初めてです。あの、教授って……」

「消化器のドクターがいるから米山教授かな？　あ、そう言えば、消化器外科に凄《すさ》まじいイケメンが赴任してきたらしくて、昨日から院内がざわついているのよ！」

急に沢田が色めき立つので、奈緒はすこし引き気味に相手をする。

「凄まじいイケメン……」

「三浦さんは仕事に慣れるのが先で、イケメンに騒ぐ資格も余裕もないはずよね」

「そうですね」

そんな話をしていると、米山教授がナースステーションに視線を向けた。奈緒は目が合った気がして会釈をすると、教授は手を軽く振ってこちらに合図をくれる。

教授には失礼だとは思ったが、その仕草が可愛《かわい》らしくて奈緒は思わずクスッと笑った。

しばらくして、ドヤドヤと白衣の集団が戻ってきてエレベーターの前に集まってきた。

回診が終わったのだろう。これだけの医師が病室に入ってきたら、患者も驚くだろうと少しだけ気の毒になってきた。

先ほどは気が付かなかったのだが、教授の側に背の高い医師が立ち、親しげに会話をしていた。その後ろ姿がやけに知り合いに似ているようで、奈緒の胸が大きく鼓動した。

(名波先生……？　ううん、まさか)

奈緒は目をギュッと瞑《つぶ》り首を振る。

実は、大学病院に勤務し始めてから名波のことを思い出す機会が多くて、奈緒の心は大いに乱れていた。

廊下でキビキビと歩く白衣を着た長身の男性を目にすると、名波を思い出してはドキドキするので心臓に悪い。

名波がここにいるはずがないのに……。会いたいという願望が、名波もどきを具現化して見せるのだろうか。

彼の後頭部は外国人みたいに丸みがある特徴的な骨格だったが、教授の隣に立つ医師の後ろ姿が名波によく似ている。そして、長身で引き締まった男性的な身体もそっくりだ。

少し伸びた黒髪が跳ねワイルドな雰囲気で、後ろ姿だけ見てもイケメンだと容易に想像できる類の男性だ。

顔を見てみたい……。そう思い眺めていていてハッと我に返る。

（もう、いい加減に忘れなくちゃ）

奈緒がノートパソコンに入力を再開すると、隣の沢田がキャーッと叫んで肘で奈緒の脇を突く。

「ほらっ、教授の隣の背の高い先生！　彼が噂のドクターよ。今日が病棟デビューかな」

「え？」

「アメリカ帰りの名波先生」

「……！」

沢田の言葉に驚いて顔を上げる。ちょうどエレベーターの扉が開き、白衣の集団が乗り込んでいく。奈緒はその後ろ姿を唖然《あぜん》とした面持ちで見送っていた。

最後にエレベーターに乗り込み、こちらに顔を向けた男性は……名波だった。

目が合った気がして、奈緒は咄嗟《とっさ》に顔を伏せた。心臓が激しく鼓動して手が震えてくる。

（どうして……？）

隣で沢田が何かを言っていたが、全く耳に入らない。名波を見かけた衝撃から奈緒はしばらく復活できなかった。

この二年間、彼を忘れたことなど一日たりともなかった。

少し乱れた前髪から覗《のぞ》く涼しい眼差し、真《ま》っ直《す》ぐに伸びた鼻梁《びりょう》と薄い唇が高貴な印象を与えるその顔を。

奈緒は顔を上げ、閉じられたエレベーターの扉をいつまでも見送っていた。隣では沢田が熱っぽいため息をついている。

「あー眼福ぅ。……っと、三浦さん？」

奈緒が前方を凝視して固まっていたので、沢田が呆《あき》れて肘で突く。

「ちょっと、大丈夫？」

「……すみません。確かに眼福ですね」

「やだ、見惚《みと》れていたの？　これからは名波先生も度々病棟に来るだろうけど、どうせ手の届かない超エリートだから好きになっても無理よ。それより、浮かれて仕事を疎《おろ》かにしないでよ」

沢田の無遠慮な言葉が遠くに聞こえる。

その後、奈緒は必死に動揺を隠して仕事を続けたのだった。

仕事が終わりバッグを手に廊下を歩いていると夜勤の香とばったり会う。カートを押して荷物を運ぶ香を呼び止めて手短に話をする。

「香、お疲れ」

「お疲れー！　あれ、ちょっと疲れてない？」

「あの……ね、名波先生が病棟に現れたの」

「え？　もうアメリカから帰ったんだ。ここにいるってことは、教授が呼び寄せたのかな」

「そうかも。教授回診に同行していたし……ごめん香、忙しいんでしょう？　また話そう」

「うんっ、じゃあねー！」

奈緒と名波の関係を香は知らない。

だから余計なことは言えなかったけれど、誰かと名波のことを話さないと気持ちが落ち着かなかったのだ。

（新しい職場にまだ慣れていないのに、私ったら……名波先生に気を取られる暇なんてないのに）

名波を久しぶりに垣間《かいま》見られて、奈緒は浮き立つ気持ちを抑えきれないでいた。

髪が伸びたせいか、名波は以前とは違って野性的な雰囲気になっていた。

元々遠い存在だったけれど、教授の側に立つ姿にますます距離を感じた。それでも、名波と同じ病院で仕事ができると思うと、それだけで嬉しい。

着替えをして帰る途中で、奈緒は立ち止まり後ろを振り返る。

巨大な大学病院を仰ぎ見て無数の窓から漏れる灯《あか》りを眺めていたのだが、そこに名波がいると思うだけで、長い間塞いでいた胸に爽やかな風が通り抜けるようなワクワク感が湧いてくる。

嬉しいだけではない、どこか不安で落ち着かない思いもあるが、奈緒の口角は自然と上がり足取りも軽く寮に向かうのだった。


名波の出現で奈緒の胸の内には小さな嵐が起こっていたが、仕事の方はおおむね順調だ。

病棟の仕事に慣れてくると、認定看護師としての仕事も始動し始めた。

がん性疼痛看護認定看護師の資格を持つ先輩に付いて医師とのミーティングに参加することになり、午後からミーティングルームに向かう。

先輩は外来看護師で、名を大原《おおはら》という。

奈緒よりずっと身長が高くすらっとした三十代の女性だ。

互いに自己紹介をした際に、国立の医学部看護科を卒業していると聞き少し気後れしたが、大原からは学ぶことが多そうだと逆にファイトが湧いてきた。

ミーティングルームに入ると医師はまだ来ていなくて、癌化学療法の担当看護師とケースワーカーの女性が座っていた。互いに挨拶を交わし医師を待つ。

今回のミーティングでは患者の今後について話し合う予定だ。

化学療法をしたものの、思いの外、癌の進行が早く、麻薬などを使った疼痛管理が必要になるかもしれない瀬戸際だった。

大原と話をしていると、ドアが開き二名の医師が入ってきた。もしかして名波が……？　と思って奈緒は内心でドキドキしていた。

一人はベテランの消化器外科医でもう一人は想像していた通り名波だった。

医師を待っていた大原やケースワーカー達も、名波が姿を現すと一斉に顔を上げて彼に注目する。

アメリカ帰りの凄腕《すごうで》医師が消化器外科にやってきたと話題になっている時に、その本人が現れたのだから周りが騒《ざわ》つくのは当然だろう。

なんとなく予感していた奈緒でさえ、名波を間近で見て息を呑《の》んだ。

先日垣間見た時には伸びていた髪がスッキリとカットされ、美しい顔の輪郭が現れてさらに美貌が際立って見える。

いつもそうだ。彼は一瞬でその場の人を魅了し空気を支配する。そして奈緒を落ち着かなくさせるのだ。

短く自己紹介を行い、最後に奈緒の順番が来た。

「はじめまして、三浦奈緒と申します。今年の四月から消化器外科病棟に勤務しております。がん性疼痛看護認定看護師の経験はまだ浅いですが、経験豊富な大原さんにご指導いただきながら努めてまいりたいと存じます。よろしくお願いいたします」

ベテランの医師が奈緒に視線を当て、柔和な笑みを向ける。

「ああ、米山教授の紹介で入職された看護師さんだったね。三浦さんよろしく頼みます」

「はい。よろしくお願いいたします」

自分は教授の紹介という立場なのだと思うと、急に身が引き締まる思いがする。すると、名波が奈緒に視線を向けふんわりと微笑んだ。

視線が合い、奈緒の脈拍がおかしなリズムを刻む。

笑顔を返そうとするのだが、引《ひ》き攣《つ》った笑いにしかならなくて動揺が顔にはっきりと現れた。

そんな奈緒の内心を知らない名波は、落ち着いた表情で雑談をする。

「三浦さんは、自身で経験は浅いとおっしゃっていますが、かなり優秀な看護師でした。これからも期待しています」

名波がそう言うと、ベテラン医師が意外そうな顔になる。周りも、知り合いだったのか？と驚いた様子だ。

「名波くん、知り合い？」

「はい。以前同じ病院に勤務していました。ね？」

そう言って親しげに声をかけるものだから、皆が一斉に奈緒を見つめる。一気に注目され顔が赤らむのを感じたが、奈緒は平静を装い小さく頷いた。

「はい。名波先生にはお世話になりました。今回また一緒の病院で勤務することができて光栄です」

「名波先生が優秀だと言われるのなら間違いないわね。三浦さん頼りにしているわよ」

「いえそんな……私、大原さんに付いていきますので！」

ぎこちなく笑いを取ろうと大原に笑顔で答える。それから、皆の笑顔でミーティングが始まった。

ミーティングが終わり大原と別れて病棟に急いでいると、背後から呼び止められる。

「三浦さん」

名波だった。連れはなく、奈緒が立ち止まると駆け寄ってくる。

名波が近づいてくる数秒間、奈緒の胸の内は喜びと不安に満ち満ちて、感情が爆発しそうなほどだったが、表情には出さずに名波を見つめていた。

「お疲れさま。これから病棟に戻るの？」

「は、はい」

二年間、想い続けた男からの最初の言葉が、『お疲れさま』だなんて……奈緒はなんだか可笑《おか》しくなって、笑顔で名波と向き合っていた。

(よかった……。私、笑顔でいられる)

奈緒は自分を内心で褒めながら、感激の再会なんてドラマじゃないんだから、現実にはないのだと自らを戒める。

奈緒の内心とは逆に、名波は明るく話しかけてくる。

「病棟まで一緒に行こう」

正直、院内を同行するのは気が引けるが、名波があまりにあっけらかんとしているので、釣られて奈緒も頷いてしまった。

「はい。あの、名波先生？」

「ん？」

声かけをすると、首を傾《かし》げて奈緒を見下ろす。

そうだ、以前も声をかけるとこんな感じで返事をしてくれていたっけ。懐かしさと恋慕がごちゃ混ぜになった感情を抑えて、奈緒はちゃめっ気のある会話を続ける。

「本当にお久しぶりです。お顔を拝見した時には心臓が止まるかと思いました」

笑顔で見上げると、名波が目を細めて頷く。

「俺は教授から聞かされていたから、君に会うのを楽しみにしていた。変わらず仕事熱心な姿を見られて嬉しかったよ」

「あ、ありがとうございます」

そんな風に言われると、なんと返していいかわからなくなる。

名波の口調は優しいけれど、今の会話のテーマは仕事のことだから、如才なく会話を続けようと奈緒は必死だった。

四月とはいえ風はまだまだ冷たいが、窓から見る分には外はポカポカ陽気で温かそうだ。病棟に向かうため、温かい日差しが降り注ぐ渡り廊下を名波と歩くと、切なさと懐かしさで胸がいっぱいになった。

エレベーターに乗り込み五階のボタンを押す。

二人っきりで狭い空間にいることで、奈緒の心臓は恥ずかしいくらいドキドキしているのだが、名波は悠然と上方を眺めている。

「この監視カメラには録音機能があるのだろうか？」

「え？」

唐突な問いに驚いて見上げると、名波が食い入るように奈緒を見つめていた。その眼差しが熱っぽいものに変わり、奈緒は名波から目が離せなくなった。

まるで、エレベーターの中が真空状態になって、体を一ミリも動かせないような不思議な感覚にとらわれる。

二年前にホテルで見たのと同じ、切ない表情を向けられて奈緒の胸が甘く震えた。

「三浦さん、奈緒……会いたかった」

「……っ！」

時間と場所を超えてあの時の名波が蘇ったようで、奈緒は呆然と言葉を失っていた。切ない声色に胸を打たれて、気の利いた返事ができない。

口を半開きにして名波を見上げていると、当の本人はカメラを指して茶目《ちゃめ》っ気《け》のある表情で奈緒に笑いかけた。

「今の奈緒のびっくりした顔を他の人には見せたくないな……。突然おかしなことを言ってごめん、どうしても気持ちを伝えたかったんだ。さあ、エレベーターを出たらお互い平常心で行こう」

エレベーターの扉が開き名波は外に出ていく。その後を奈緒も慌てて追った。

『平常心で行こう』なんて、そんなことを言われても無理だ。

名波に落とされた強烈な爆弾のせいで、奈緒はその後もずっと落ち着きをどこかに置き忘れてしまい、フワフワとする身を持て余していた。

第三章　心震える夜

エレベーターの中での名波の爆弾発言は、日が経《た》っても奈緒を甘く翻弄している。そのせいで落ち着かない自分を必死に律しながら仕事に励んでいた。

そんなある日の朝、たまたま教授が一人でふらっと病棟に姿を現したので奈緒は慌てて立ち上がり駆け寄った。

「米山教授！　お疲れさまです」

「おー、三浦くんお疲れ。どう？　そろそろ慣れた頃かな？」

「まだモタモタしていますけど、なんとかやっています。それより、教授にちゃんとご挨拶もせずに申し訳ありません。その節はお世話になりました」

奈緒が頭を下げると、教授は笑顔で手を振る。

「また他人行儀な。名波くんにはもう会ったの？」

急に名波の名が出てギョッとするも、平気な顔を貼り付けて頷く。

「はい。お会いしました」

短い返事だけで、スン……と黙る奈緒を眺めて、教授はニヤッと口角を上げる。

「名波くんにも三浦さんに会ったのかって聞いたんだけど、同じように澄ました返事をされたなぁ……さては何かあった？」

「ないですっ！　きょ、教授、何てことを言われるんですか！」

「あはは！　図星だった？」

不意をつかれて過剰反応してしまったが、教授は面白そうに声を出して笑っている。

大学病院では雲の上の人のはずなのに、油断して以前のような気安い態度をとってしまった。

誰かに見咎《みとが》められたら大変だ。

「すみません。失礼しました。あの、私そろそろ行きます」

「そうしなさい。またね」

まだニヤニヤと笑っている教授を置き去りに、奈緒はナースステーションに戻った。


その後、ケアのために病室を訪れると、担当患者がベッドの上でうずくまっていた。

この患者は大腸癌後の転移により化学療法を行なっていたが、副作用が強く本人が抗がん剤を拒否している八十代の女性だ。

家族の意向で本人に余命は伝えずに、今は緩和療法のみを行なっているのだが、遠慮しがちな性格で痛みを堪える傾向がある。

「井上《いのうえ》さん、どうされました？」

慌てて駆け寄ると、顔を歪めて浅い息を繰り返している。

少し前までは非ステロイド系抗炎症薬で痛みをコントロールできていたが、最近では痛みが強くなっていたのでコデイン系の粉薬を使用していた。癌の進行具合からして、コデイン系でよくコントロールできているものだと、先輩の大原と話していたところだった。

「もしかして……痛みを我慢されていたんですか？」

脂汗を額に滲ませて目を閉じているが、奈緒の問いに微《かす》かに頷く。

「お渡ししていた粉薬は飲まれました？」

「数日前……から、飲んだけど……効かな……くて」

声を出すのも辛いのだろう。小さな声で答えてくれるので、奈緒も耳を近づけて必死に傾聴する。コデイン系を飲んで痛みが治らない場合には、やはりもう一段強い薬を処方することになる。奈緒は主任に相談し、主治医の名波を呼ぶことにした。

「井上さん、これから先生を呼びますからね、それまで我慢できますか？」

「は、はい……」

痛みに顔を歪ませながらも頑張って返事をしてくれた。

奈緒は早速名波にＰＨＳで連絡をとり、落ち着いた声で状況を伝える。

「三浦です。五二〇号室の井上さんが腰に強い痛みを訴えられています。フェイススケールは四ですが、痛みを我慢する傾向が強い方です。先生、すぐに来ていただけますか？」

『五分で行く』

すぐに切られたＰＨＳをポケットにしまうと奈緒は患者に声をかける。

「名波先生がすぐに来られますからね」

体を拭いて朝のケアをしてあげたいが、この様子では無理だろう。額の汗をタオルで拭き、奈緒は患者の背中を撫でながら名波を待った。

五分もしないうちに名波がやってきて、すぐに患者の側に駆け寄る。

ベッド上で一通り診察をした後で患者に聞き取りをして、痛みの強い現在のレスキューとしてオピオイド系のモルヒネを使用することになった。

「井上さん、コデインの粉薬を飲んでも効果がないので、モルヒネの投与をしようと思います。モルヒネを飲むと痛みを取り除いて楽に休むことができます。まずは含有量が一番少ないものを処方しますので、痛い時だけ頓用《とんよう》で飲んでみませんか？」

名波がそう説明すると、井上さんは顔を歪めて頷いている。

「モルヒネ……は、はい、仕方ないですね……」

やはり、麻薬を処方されることに抵抗があってこんな状態になるまで我慢をしていたのだろう。それでも、患者の了解を得たということで、名波がカルテの処理をしてすぐに薬局から薬を持参してもらうことになった。

投薬後に痛みが落ち着いたら、腫瘍の転移の状況をＣＴで確認をする必要があり、名波が優しい口調で説明をするのを奈緒は隣で聞いていた。

「井上さん、お腹の様子がどうなっているのかを確認したいので、痛みが落ち着いたらＣＴを撮らせてもらってもいいですか？」

「は、はい。お願いします」

痛みで言葉を発するのも辛いだろうに、名波の説明をしっかり理解して返事をくれる。患者の毅然《きぜん》とした態度に、奈緒は感銘を受けていた。

ずっと我慢していたのは、患者にとってはあまり良くないことなのだが、その気持ちを考えると責められない。

医療を施すのは医師だが、患者の意思や尊厳は守られなければいけない。

だから名波も『どうしてもっと早く言ってくれなかったんだ』などとは絶対に口にしないのだ。主治医となって間もない名波を、患者はすでに受け入れて信頼している。

医師に頼るしかない立場だけれど、やはり名波の患者を思う態度や的確な治療が受け入れられているのだと奈緒は感じた。

検査の結果、転移の範囲が広がっており、患者が化学療法を受け入れない以上は今まで通り緩和療法の継続しかできない状態だ。

家族を呼んでの病状説明の結果、本人には転移については何も伝えずにこのまま緩和療法を行うことを家族は希望し、それに従うことになったのだった。

本人の意思を聞かないまま治療を続けることに納得はしているものの、奈緒の気持ちは沈んでいた。すると、名波が奈緒に声をかけ廊下に誘う。

「三浦さん、ちょっと話をしようか」

患者のことだろうと思いつつも、何を言われるのかドキドキしながら奈緒は名波の後に付いて廊下を進む。

談話室の隣にある自販機の側で、名波が立ち止まり水を買って奈緒に渡す。

「はい、どうぞ」

「あ、ありがとうございます」

「今日はいつも以上にバタバタして疲れただろう？　あのさ……」

「……はい」

「井上さんのこと、今回は家族さんの希望通りにしたけど、患者さんへの告知についてはもう一度家族と話し合おうと思っている。君も何か気になることや困ったことがあれば俺に相談してくれないか？　胸に留《とど》めて悩まずに、ＰＨＳでもカルテメールでもいいから相談してくれ。それが患者さんのためでもあるんだから」

「はい、承知しました」

名波は奈緒のモヤモヤをわかってくれていたのだった。

「先生ありがとうございます。必ず相談させていただきます」

「うん。よろしく」

奈緒がナースステーションに戻ろうとすると、名波がボソッとつぶやいた。

「やっぱり奈緒とは仕事がやりやすい」

「えっ？」

驚いて振り返ると、名波は笑顔を見せて手を挙げた。

「独り言だ、気にしないでくれ」


就職して三週間が経った金曜の夜、奈緒は胃腸科外科病棟の歓迎会に出席するために、某有名ビル内のおしゃれ居酒屋に来ていた。

食事が美味《おい》しく、お酒の種類も豊富な上に広い個室が用意されているこの店は、大学病院の歓送迎会によく使われるらしい。

転属あるいは就職した看護師は奈緒と香の二人で、新任医師は名波だけだった。

認定看護師としての業務もあるため日勤が多い奈緒とは逆に、香は夜勤が多いので二人は久しぶりに会えてテンションはかなり高かった。とは言っても、奈緒は嬉しくてもあまり表情に出ないので、傍目《はため》には通常運転だ。

お決まりの新人挨拶の後、ベテラン医師が歓迎の言葉を短く終えて食事が始まる。今夜、教授は来ていないのかとキョロキョロしていると、香に見咎められた。

「奈緒ったら、誰を探しているの？」

「教授とか偉いさんが来てないなーって思って」

「聞くところによると、偉いさん連中は参加しないけど軍資金は出すよっていう最高のシステムらしい」

「えっ、そうなの？」

「うん。昨日主任に聞いたら、教授がそう決めたって言ってた。米山教授ってばヤルよね」

情報通でコミュ力抜群の香は、こうしていつも奈緒の謎を解いてくれる。得難い友だ。米山教授の判断も素敵だが、奈緒は教授と話をしたかったので少しだけ残念に感じた。

美味しそうな料理が次々に運ばれてくるので目移りしながら食べていると、ピチピチの刺身の盛り合わせが目の前に置かれて奈緒は目を丸くする。

「東京の居酒屋のお刺身にしては活《い》きが良さそうね」

「美味《うま》そうだね！　でも奈緒は活きのいい魚を食べ飽きたんじゃない？」

香の無邪気な問いかけに奈緒は曖昧な笑みを返す。島での生活に何らやましいところはないけれど、島に行った経緯が医療事故からの逃避なだけに、あまり話したくないのは確かだ。

「確かにお魚は新鮮だったね。あ、これ美味しい」

白身魚をいただくと、歯ごたえがあるのにもっちりした舌触りでいくらでも入りそうだ。

「本当だ、美味しいねー」

二人でキャッキャと楽しんでいると、香の隣に座っている名波が刺身を口にして呟く。

「確かに美味い」

「あ、先生の存在をすっかり忘れていました！　名波先生、アメリカでは美味しい刺身なんて食べられなかったですか？」

さすが香だ。名波が桁違いに素敵なので看護師達が遠巻きに見つめていることは気にも留めず、マイペースに話しかける。

「日本食の高級店は数軒しかなかったな。ワシントンＤＣまで行けばもう少しいい店があったらしいけど、そんな暇も食に対する情熱もなかった」

「あー、先生ってストイックっぽいから。なんか、栄養素だけ考えてプロテインとかサプリを摂ってるイメージです」

わりと言いたい放題だが、名波は表情を変えずに香の話に頷いている。

「小坂君、俺の食生活をまるで見てきたみたいなことを言うね。確かにプロテインバーやサプリは常備しているが」

「だって、前の病院でも名波先生のプロテイン好きは有名でしたもん。それと、脱いだら凄《すご》いんです疑惑とお酒の強さも」

「なんだそれ？」

奈緒は二人の会話をボーッと聞いていたのだが、香を見る看護師達の目が少しだけ険しくなってきたのが気になる。名波を独占するなと言いたいのだろう。

空気を察したのか、向かいに座っている主任が名波に話しかける。

「名波先生、ドリンクのおかわり頼みましょうか？」

見ると、名波のグラスは空になっていた。主任がスタッフを呼ぶと皆が口々にオーダーを始める。奈緒も注文をしようと思ったが、タイミングが合わずスタッフがテーブルを離れてしまった。

すると、名波が香の頭ごしに奈緒に声をかける。

「三浦さん、注文した？」

「あ、いえ……」

名波はすかさずスタッフを呼び止めた。

「何にする？」

「じゃあ、オレンジサワーをお願いします」

周りの看護師達が『名波先生、優しーい』と目をハート型にしている。

「先生、ありがとうございました」

奈緒がおずおずと礼を言うと、あのふんわりとした笑顔をこちらに向ける。

普段はニュートラルな表情を崩さない人だから、その笑顔の破壊力は思った以上に奈緒の体温を上げてくれる。

その後は食事とお酒でいい具合に解けたメンバーが楽しく談笑を続けていた。名波はベテラン医師と顔を突き合わせて密談中だし、お酒に弱い香は案の定トイレにこもっている。

そろそろ香の様子を見に行こうかと考えていると、幹事が声を上げた。

「えー皆さん、そろそろお開きの時間でーす。二次会はカラオケですが、参加する人は手を挙げてくださーい」

周りの騒ぎには目もくれず、奈緒は香と自分のバッグを手にしてトイレに向かった。トイレでは香が青い顔をして洗面台にもたれている。

「香、大丈夫？」

「ん……多分」

「もうお開きだって。タクシーで送るよ」

香に肩を貸しよろけながらトイレから出ると、歓迎会の参加者達が店を出ていくところだった。顔を合わせた参加者に挨拶をして店の外に出る。

二次会に行くメンバーがビル内のカラオケ店に向かい、帰宅者は下りのエレベーターを待っている。

それらの集団とは別に、若く綺麗どころの看護師達が名波を囲んで何やら必死に誘っているようだ。

「名波先生、別の店で飲み直しましょうよぉ」

「ねー行こう！」

よく見ると、名波の他に若手の独身医師二名も捕まっているようだ。大学病院の看護師達は優秀なハンターなのかもしれない。

エレベーターが降りてきたので、奈緒は香に声をかけて進む。

「香、お願いだから歩いて」

体調は戻ったみたいだが、すでに寝る気満々の香は奈緒に寄りかかって少しも歩いてくれない。

(どうしよう。誰か手伝ってくれないかな)

綺麗どころの看護師集団に顔を向けると、誰も奈緒のことなど気にかけてはいない。ガックリと肩を落とし、香を引きずるようにして歩き出す。

「手伝うよ」

背後から低い声がして、急に体が軽くなる。顔を上げると、名波が香の両脇を抱えてエレベーターの中に引きずっている。

「えーっ、名波先生に逃げられちゃった」

「やだぁ」

ドアが閉まる寸前に看護師達の不満げな声が耳に入ったが、香を引きずってくれる男手は必要なので心の中で謝っておく。

申し訳ないと思いつつ、正直なところ助かった。

「名波先生、ありがとうございます」

「寮に帰るんだろう？　このまま俺もタクシーに便乗して小坂君を運ぶよ」

「すみません。じゃあ私は助手席に乗ります」

「悪い」

ビルを出てタクシーに乗り込み、奈緒は運転手に寮の住所を告げた。後部座席が気になりチラッと後ろを振り返ると、香は大人しく眠っているようだ。

寮の部屋まで連れていくのが大変だとため息が漏れるが、今夜は名波がいてくれるので安心だ。

名波に視線を向けると、気がついて笑顔をくれるものだから、奈緒も笑顔で会釈をした。

寮に着き、タクシーの運転手に待ってもらって香を部屋に連れていく。さすがに起きてくれたので助かったが、足がもつれているので名波と奈緒がそれぞれ肩を貸し部屋に辿り着く。

「香、バッグの中を探させてね」

香のキーホルダーはすぐに見つかり部屋に上がった。寮はワンルームで、建物は違うが奈緒の部屋と同じ作りだ。玄関で軟体動物と化した香に水道の水をコップに入れ飲んでもらう。

「ほら、お水を飲んで」

「……ん、ありあと」

呂律《ろれつ》が回っていないものの、水を飲んで目が覚めたのかいきなり両目をぱっちり開けて奈緒を見つめる。

「え、ここ私の部屋？　奈緒が連れてきてくれたの？」

「ううん。名波先生も運んでくれたんだよ。ほらそこにいらっしゃる」

「ゲッ！　ご、ごめんなさい……」

ということで、平謝りする香を部屋に残し、奈緒は名波と共に帰ることにする。エレベーターの中で名波が奈緒の腕に軽く触れ話しかける。

「よかったらこれから飲み直さないか？」

「……えっ？」

再会した折に、エレベーターの中で「会いたかった」と言われた時から、いつか誘われるんじゃないかと予想はしていた。

それでも本当に誘われると、焦って挙動不審になる。

おまけに、触れられた腕から名波の体温が伝わってくるようで、奈緒は驚きと緊張で頬《ほお》が熱くなってきた。

「わ、私……」

「少しだけ。いいバーを見つけたから、一緒に飲みたいって思っていたんだ。それに、ゆっくり話もしたいし」

唐突だけど、名波に誘われると断りにくい。しかし明日も仕事があるから羽目を外すのはやめておきたい。

「明日は早いので……。ごめんなさい」

奈緒が俯いたまま誘いを断ると、名波は少しの間のあと首を振って笑顔を見せる。

「謝らないでくれ。じゃあ今度、休みの前日になら誘ってもいい？」

そこまで言われては頷かないわけにはいかない。

「はい」

「ありがとう。じゃあ先に君を送って俺は帰るよ。住所を教えてくれる？」

「は、はい。ここから一キロほど駅に向かって進んだ場所にあるE棟です」

そうして……名波の手は奈緒の腕を離れ、二人はタクシーに乗り込んだのだった。


寮に戻りお風呂に入りながら奈緒は今夜のことを振り返っていた。

歓迎会の時から、なんとなく名波が自分を気にかけてくれるのは感じていたし、実際ドリンクを注文し損ねた時には助け舟を出してくれた。

名波が好意を抱いてくれているのは明らかな気がするが、それでも奈緒は無邪気に喜べない。

奈緒だって名波が好きだ。でも転職したてで気持ちに余裕がない。とにかく今は仕事に没頭したいのだ。

それに、一時の情熱に流されて、病院内で妙な噂になるのだけは避けたい。ただでさえ脛《すね》に傷をもつ身なのだから。

しかし、脳裏に浮かぶのは優しい笑みを浮かべた名波の顔。そして二年前のあの日、奈緒に向けられた、焦がれるような瞳や切なく歪んだ表情を思い出すたびに躰《からだ》が騒めく。

奈緒は自身の柔らかな二の腕を撫でながら、彼の手の感触を思い出していた。

第四章　優しさに溺れる夜

病棟の朝礼では、浮腫んだ顔の若手看護師数名が眠そうな目を擦って立っていた。

遅くまでお酒を飲み騒いでもしっかり仕事ができているのだから、若さってすごい。などと、そう年齢が違わないくせに奈緒は感心していた。

ただ、自分も昨夜食べすぎて身体がだるい。低いテンションで黙々と仕事をしていると、慌ててやってきた主任に声をかけられる。

「あっ、三浦さん！　五八〇号室の渡辺《わたなべ》さんの担当よね？　今さっき耳鼻科外来の辺りを徘徊《はいかい》しているって受付から連絡があったのよ。悪いけど、探しに行ってもらえないかしら？　私これから会議に出なくちゃいけなくて」

「あっ、はい！　わかりました」

渡辺さんは八十代の男性で、鼠径《そけい》ヘルニアの術後管理をしている患者さんだ。

他科医師の親族で特別室に入っているのだが、認知症があるので管理が難しい患者さんなのだ。

転倒の危険もあるので、奈緒は病棟の車椅子を押して外来棟に急いだ。

耳鼻科は外来棟の二階にあり、奥から小児科・眼科・その次が耳鼻科となっている。実は奈緒は外来棟の二階にいくのは初めてだった。

消化器外科外来のある三階には時々行くのだが、二階は小児科があるので意識的に避けていた。

小児科には安藤がいるかもしれない。そう思うと、怖くて足が遠のいているのだ。

しかし、患者が徘徊しているので、そうも言っていられない。早く見つけて病室に戻してあげたい。

二階の耳鼻科外来で探すものの、耳鼻科の辺りに渡辺さんはいなかった。受付の職員に尋ねると、申し訳なさそうな顔をされる。

「すみません。別の患者さんの対応をしている間に見失ってしまいました。しきりに小児科の方を見ていらしたから、もしかして小児科に行かれたのかもしれません」

「ありがとうございました」

奈緒は急いで小児科に向かった。小児科の前は子供の泣き声が響きかなり騒がしい。重病の患者が多いので走り回る子供は少ないが、それでも他の外来とは雰囲気が全く違う。

奈緒がキョロキョロと辺りを見回していると、マットを敷いた小さなプレイルームに病衣を着た老人が立っている。奈緒は駆け寄って声をかけた。

「渡辺さん？」

聞こえないのか全く反応しない。顔を確認すると渡辺さんで間違いなかった。腕にそっと手をかけ、もう一度目を見て笑顔で声をかける。

「渡辺さん、看護師の三浦です。ずいぶん遠くまで散歩されたんですね？」

ようやく目が合い、奈緒の問いに頷いている。

「孫がここに来る……」

「そうですか。もしかして病棟に来られているかも、一緒に探しましょうか？」

「……うん」

素直に言うことを聞いてくれそうなので安心した。車椅子に座ってもらい病棟に急ぐと、途中で立ち上がろうとしたので慌てて車椅子を停止した。

「渡辺さん、どうされました？」

渡辺さんは返事もしないでただ黙っている。奈緒は落ち着いてもらおうと声をかけた。

「転んだら怪我《けが》をするので座っていて下さいね」

車椅子に座っていても急に動くのでなかなか前進が難しい。なんとかエレベーターの前までたどり着きホッと息をつく。

エレベーターの扉が開いて白衣の医師が現れた。その顔を見た途端、奈緒は息を呑んだ。

（安藤先生……）

安藤はチラッとこちらを見てエレベーターを出た。奈緒だと気がついていないようだったので、慌ててエレベーターに乗り込む。

ボタンを押してエレベータが閉まる直前、安藤がいきなり振り返り驚きの表情で奈緒を凝視した。何かを言いかけた安藤の口が開いたが……ドアが閉まり見えなくなった。

奈緒の心臓は痛いくらいに動悸《どうき》がして、手足がガクガクと震えてくる。

奈緒の動揺とは対照的に、渡辺さんは呑気《のんき》に車椅子に座り、エレベーターはぐんぐん上昇していく。

(私だと気がついたんだよね? あぁ……どうしよう)

後を追っては来ないだろうけど、安藤に突然会ったショックで手足の震えが止まらない。

おぼつかない足取りで車椅子をおして廊下を進む。すると、渡辺さんが何かを話しかけてきた。

「……さん、看護師さん」

「あっ、ごめんなさい、渡辺さんどうされました?」

「トイレ」

「はい。行きましょうね」

トイレに誘導し、そのまま処理をする。その後、ようやく渡辺さんを特別室のベッドに寝かしつけナースステーションに戻った。

早鐘を打つ胸を押さえ、奈緒は仕事に集中しようと必死だった。パソコンのキーを叩く指が震えて誤打ばかりを繰り返しながらも、なんとか仕事をこなした。

会議から戻ってきた主任から礼を言われ、笑顔で首を振ったが内心は複雑だ。

渡辺さんを探しに行かなければ安藤医師に会うことはなかっただろう……でも、主任を責める気はない。

安藤とはいずれどこかでバッタリ会ったに違いないからだ。

仕事をしながらも、かつて安藤が自分に向けた怒りに満ちたドス黒い顔を思い出し、全身が冷えてくるようで気分が悪い。

それでも、午後からは渡辺さんの退院前カンファレンスがあるので、主任と共にカンファレンスルームに向かう。

カンファレンスルームには退院後に入所する施設の担当者と大学病院のケースワーカーが待っていた。奈緒達が席に着くと、後から名波が入ってきて慌てて席に着く。渡辺さんの執刀医は教授だが、入院の担当医師は名波になっている。

「遅れてすみません」

名波は律儀に全員に頭を下げる。

「先生、午前中の患者さんが多かったんでしょう？　お昼まだなのでは？」

主任がそう言うと、名波が口角を上げて頷く。

「渡辺さんともう一件のカンファが終わったら昼を摂る予定です。さあ始めましょうか」

あらかじめ施設と患者家族から聞き取りをしているケースワーカーが投薬量などの希望を話し名波が頷く。

退院は三日後と決まったが、徘徊が目に付くことを奈緒が話し、退院までセンサーを付けて離床を担当看護師に知らせることを提案すると主任も大きく頷いている。

「今日耳鼻科から連絡があって、三浦さんに迎えに行ってもらったんです。なんでも小児科まで一人で歩いて行かれていたとのことで、センサーなどの身体抑制は必要だと思われます」

「小児科に？　認知症はおありだけど、あんな遠いところまでよく行かれましたね？」

ケースワーカーが目を丸くして奈緒に尋ね、奈緒は頷いて説明をする。

「お孫さんが来られると仰《おつしや》っていましたが、事実ではありません。過去の記憶が急に蘇ったのかもしれないし、どこかで小児の声を聞いてお孫さんを思い出したのかもしれません。だって渡辺さんのお孫さんは現在大学生ですから」

カルテには患者の家族構成までしっかりと書かれていることが多く、奈緒は渡辺さんの言葉を聞いてからカルテを確認して真偽の確認をしていた。

名波が奈緒に視線を向けて頷く。

「では、後で身体抑制の指示書を書いておきますので、三浦さんよろしく」

「はい。承知しました」

渡辺さんのカンファレンスは十五分ほどで終了したので奈緒は部屋を出てナースステーショ

ンに戻った。集中して看護記録を入力していると、名波が入ってきてパソコン前の椅子に座りキーボードを叩きはじめる。

もしかして、昼食の前に渡辺さんの処方と身体抑制の書類を作ってくれるのかもしれない。それならありがたいと思いつつ、奈緒は自分の仕事を続ける。

ふと気がつくと、隣に名波が立っていたのでギョッとした。

一気に自分の頬が熱くなった気がして焦る。今日は色々と心臓に悪い日だ。無視するのも悪いのでこちらから声をかけた。

「名波先生、お疲れさまです」

「お疲れさま。退院処方とその他の書類を作っておいたから後で確認して処理してもらえる？」

「あっ、ありがとうございます」

名波はこれから遅い食事に行くのだろう。本当は安藤医師に会ったことを相談してみたいと思ったけれど、それは甘えだし名波も迷惑かもしれない。

そう思い俯く奈緒の側から名波はまだ離れない。不思議に思って見上げると、少しだけ眉を顰《ひそ》めた顔で問いかけられる。

「三浦さん、何かあった？」

「あ……」

どうして名波にはわかるのだろう？

自分では平静を装っているつもりなのに、やはり不安そうな様子に見えるのだろうか？

辺りを見回すと、ナースステーションには誰もいなかった。ほんの数秒、二人は見つめあっていたが、名波が胸ポケットからメモを取り出しボールペンで走り書きをして奈緒に渡す。

「これ、俺の携帯の番号。八時頃なら帰宅していると思うから電話してくれる？　話を聞くよ」

「えっ……は、はい」

もらった紙を奈緒は制服の胸ポケットに入れた。心配させてはいけないと口角を上げ笑顔を作った。

「ありがとうございます」

「じゃあ、行くね」

「はい。お疲れさまでした」


安藤は例の件を蒸し返して攻撃をしてくるだろうか？　それを思うと怖くてたまらない。でも教授は気にするなと言っていたし、小児外科教授だった怖い父親はもう退職している。

この悩みが、全部取り越し苦労に終わってくれたらどんなに幸せだろう。奈緒は天に祈る気持ちだった。

今夜、名波に相談したら、彼はなんと言ってくれるだろう？

夕方五時前、夜勤の香がいつもの明るい挨拶でナースステーションにやってきた。

「お疲れさまでーす。あっ、奈緒お疲れ！　……ん？　顔色悪いけど、ごはんちゃんと食べてる？」

「もう、香ったら。食べているよ。ねえ、ちょっといいかな？」

香の手を引っ張って廊下に出ると、奈緒は手短に今日の出来事を話す。

「渡辺さんが徘徊して外来に迎えに行ったんだけど、帰りに安藤先生とバッタリ会ったのよ」

「うそっ！　やばいね。奈緒、大丈夫？」

「うん、何とか。心臓が破裂するんじゃないかと思うくらいドキドキした」

「あちらさんはどんな感じだった？」

「安藤先生は、鳩《はと》が豆鉄砲くらったみたいな顔をしていたのよ。あの頃のピリピリした雰囲気は消えていたけど、正直……怖い」

「……うん、そうだよね」

二人で一気にお通夜みたいな雰囲気になったので、奈緒は慌てて話を変える。

「でもさ、もし何かあってここを追い出されることになったとしたら、今度こそは事実を訴えるだけだよ。前は私に勇気がなくてあんなことになったけど、もう遠慮なんかしたくない」

「うんうん。奈緒の言うとおりだよ、負けるな！」

香の応援に元気をもらい、申し送りを終えて夜勤の看護師と雑談をしている時だった。ナースステーションの電話が鳴り、看護師の沢田が戸惑いながら奈緒を呼ぶ。

「三浦さん、小児科の安藤先生から内線なんだけど」

一瞬、息が止まるかと思った。一気に心臓がドクドクと激しく鼓動するけれど、奈緒は無表情を貼り付けて受話器を受け取る。

「はい。三浦です」

『……安藤です』

「お疲れ様です」

『まだいてくれてよかった。申し訳ないが、この後用事がないのなら話ができないだろうか？　よければ小児科外来に来てほしいのだけど』

話なんてしたくない。安藤は嘘《うそ》をついて奈緒を罵倒し追い詰めた男だ。

でも、同じ病院にいる限り、嫌でも顔を合わせることはある。その時に、何もなかったようにお互いが知らん顔をする選択はあるが、それではいつまでも安藤の存在に怯《おび》えて仕事をしていかなければいけない。

そんなのは嫌だ。誰もいない小児科で安藤と会うのは無理だと思ったが、奈緒は安藤の誘いに頷いた。

「はい。承知しました」

受話器を下ろす手が震えて手に汗が滲む。努めて平静を装って、奈緒は帰宅の挨拶をする。

「お疲れさまでした」

看護師達が口々に労《ねぎら》い合いながら持ち場に散る。奈緒は同じ日勤の沢田とともに更衣室に向かった。

沢田が帰り際の内線について問いかけてくる。

「三浦さん、入職して間もないのに小児科の先生とも知り合いなんだ？」

「えっ？」

「安藤先生って、医者一族の出でイケメンだし、仕事もデキるからわりと人気があるのよねー。おまけに三浦さんは米山教授や名波先生とも親しいみたいだし、なんかすごいね」

何がすごいのかわからないが、詮索されるのだけは困る。奈緒は曖昧な笑みを浮かべて首を振る。

「そんなこと……」

「前の病院で仲が良かったの？　ねえ、今度飲み会に安藤先生を誘ってくれない？」

「それほど親しい訳ではないので、飲み会はちょっと……」

「えっ、そこをなんとかしてよぉ」

沢田の会話が続きそうだったので、奈緒は更衣室近くのトイレに逃げ込むことにした。

「私、トイレに行きますね。沢田さんお疲れさまでした」

「……お疲れさま」

トイレで数分時間を潰して更衣室に入ると沢田はすでに帰っていた。

ホッとしつつも、これから安藤に会いに行くのだと思うと怖くて体が震えてくる。

もし香が仕事中でなければ一緒に行ってもらうのに。などと、奈緒らしくもない甘えが顔を出す。

着替えを終えて外来棟に向かい、エレベーターで二階に行く。廊下は薄暗いが、通ると自動でセンサーライトが付くので怖さは感じない。

小児科の中待合に入ると、診察室の一つに灯がついていた。ノックをすると、男性の声が応答する。

「どうぞ」

「失礼します」

震える手でドアを引くと、安藤が奈緒を待っていた。

表情は穏やかだが少し緊張しているようにも見える。記憶の中の激昂した顔ではないことが奈緒を少しだけ安堵させた。

「急にお呼び立てして申し訳ない。どうぞ座ってください」

「は、はい。その前に……安藤先生お久しぶりでございます。その節は、その……」

奈緒が挨拶を始めたものの、続きを言いあぐねていると、安藤が申し訳なさそうな顔で手を左右に振る。

「いや、ちゃんと挨拶もせずに僕こそ申し訳ない。三浦さん、お久しぶりです。お会いできて嬉しく思っています。あの……僕の話と謝罪を聞いていただけますか？」

「……謝罪？」

驚きすぎて素の表情で安藤を凝視してしまう。安藤は自嘲気味に微笑みかけると、席を勧めて話を始めた。

「唐突で申し訳ないのですが、二年前の医療事故の頃の僕の状態について説明をさせてくださ い。あの頃の僕は父や同僚達のプレッシャーに押しつぶされそうになって、普通の精神様態ではなかったんです。それでもなんとか診察を続けながら米山教授に相談に乗ってもらっていました」

「教授に？」

「ええ。僕が研修医時代に教授にはお世話になっていたんです」

「そうだったんですか、知りませんでした」

「その……外科に適性がないと悩んでいた僕を後押ししてくれたのは教授なんです。その上、医療ミスの対象患者と家族に誠実な対応を続けるように諭《さと》してくれ、僕は目が覚めたんです。……三浦さん、あなたには申し訳ないことをした。言葉を尽くしたところで僕のしたことは消えないとわかっていますが、謝らせてください。僕が間違っていた。結果的にあなたを病院から追い出し辛い思いをさせて申し訳ありませんでした」

立ち上がり頭を下げる安藤を、奈緒は呆気《あっけ》に取られて見つめていた。しばらくして……頭を下げたままの安藤に奈緒は声をかける。

「安藤先生、顔を上げてください」

奈緒はできるだけ落ち着いた声で安藤に語りかける。

「先生の話を聞くまで、私はずっと先生が怖かった。私を罵倒した顔を思い出してはうなされていました。でも、もう済んだことです。私も二年間で強くなったつもりです。ですからもう忘れてください」

顔を上げた安藤は、奈緒の目を見つめて呟いた。

「三浦さん……ありがとうございます」

安藤は肩の力を抜き、芯からホッとした表情を浮かべている。それから、安藤は患者のその後も教えてくれた。

安藤が投薬ミスをした小児がん患者は一時昏睡状態になったが、その後容態が落ち着き別の小児外科医に治療がバトンタッチされた。

安藤は担当が外れても許される限り患者とその家族に寄り添い続け、患者は二ケ月後に短い命を全うしたのだと言う。

あの医療事故の後病院から逃げ出した奈緒は、幼い患者のことがずっと気になっていた。元々余命は二週間と言われていたのだから、結局は患者と家族にとってより良い治療を施せたという事実に安堵した。

小一時間ほど話をして、奈緒は小児科外来を後にした。部屋を出る際、安藤は笑顔で手を振る。

「三浦さん、これからの活躍を応援しています。たまに顔を合わせたら話くらいはさせてください」

「は、はい。ありがとうございます」

奈緒は職員通用門を出て寮に向かいながら、安藤との会話を思い起こしていた。

あのまま小児外科に残り我が物顔で仕事をしているのだとばかり思っていたのに、彼なりに苦しんでいたとは……そして、米山教授の温かい思いやりと計らいに感心するのだった。

しかし、総合病院にいた頃に安藤と米山教授の交流はなかったように思われたが、奈緒の知らないところで彼らは親しかったのだろうか？

若干腑《ふ》に落ちない思いが残ったが、もう過去のことだ。気にしないでおこうと奈緒は思った。

時刻はもう午後八時、この時間なら名波は自宅に帰っているだろうか？　奈緒は歩きながら名波を想っていた。

電話をしてこの話を聞いてほしい。でも、あまり頼りすぎては悪い。

（また今度、名波先生と話す機会があったら、今日の事を聞いてもらおう。うん、それがいい）

嬉しいことに明日は休みだ。アロマキャンドルでも焚《た》き、お茶を飲みながら音楽を聴いてゆっくり過ごそう。そうして、仕事の疲れを癒すのだ。

寮の近くでスマートフォンの着信を知らせるバイブを感じたので、番号を確認せずに慌てて手に取って応答した。

「はい」

『名波です。夜分にごめん』

「……名波先生！　どうしてこの番号を？」

『君からは連絡がこない気がしたから、教授から聞き出した』

完全にこちらの思考を読まれている。奈緒はスマートフォンを耳に当てたまま道端の自販機のそばに立った。

「すみません、せっかくメモをいただいたのに。あの、私……」

「いや。俺が強引に渡したんだから謝らないでくれ。よかったら、これから出かけないか？」

本気で心配してくれていたのか？　奈緒は名波の行動に驚きを感じていた。

（こんな私に、先生はどうして？）

「食事がまだなら一緒にどうだろう？　今夜は断らないでほしい」

前回誘われた時に仕事を理由に断ったから、今夜は断るわけにはいかない。

「……わかりました。あの、今どちらにいらっしゃいますか？」

名波はまだ病院にいた。奈緒は寮の手前にいることを伝えると、迎えに来てくれると言う。

寮の隣にある駅のコーヒーショップを待ち合わせ場所にして会話を終わらせた。

奈緒は急いで駅に向かい、トイレで身だしなみを整えることにしたが、鏡に映るのは青白い顔をした疲れた女だ。

奈緒は元々薄化粧なので肌のコンディションは良好だが目元が疲れているように感じられた。ポーチの中にあった漆黒のマスカラで目を彩り、唇にグロスを付けて急いでコーヒーショップに向かう。

名波はおしゃれな人だから隣にいても恥ずかしくない服装をしたかったが、あいにく今日は白いコットンセーターに細めのパンツ、それにブルーの軽いジャケットを羽織った普通の通勤服だ。救いは八センチヒールのパンプスか。

奈緒だって女だ。好きな男性の目に少しでも可愛く映りたい。

夜遊びに慣れたおしゃれな女性なら何を着てもサマになるのだろうが、生憎《あいにく》奈緒はそういうタイプではない。

スモールサイズのコーヒーを注文しながら、奈緒の胸は早くも名波と会える喜びと緊張でザワザワと騒いでいた。

奥まった席しか空いていなかったので、外をチラチラ見ながらコーヒーを飲んでいると、入り口に背の高い影が現れた。

名波だ。すぐに立ち上がり駆け寄ると、病院でも見たことのない笑顔を向けられる。

「お疲れさまです」

「お疲れさま。遅くまで仕事で残っていたんだね？　疲れているのにごめん」

「いいえ、先生こそ」

仕事で遅くなったわけではないのだが、今話すことではないので奈緒は否定をしなかった。

病院での名波はソツがなく、同僚や看護師達と和やかに会話を交わし物腰も柔らかい。もちろん患者にも優しいが、誰にでも笑顔を見せる男ではない。

そんな名波が、いつも自分には微笑んでくれ、今夜はとびきりの笑顔をくれる。ここ数日の間に奈緒は、自分に向けられる名波の好意を本物だと感じ始めていた。

二人で夜の街を歩きながら会話は続く。

「食事まだだろう？　これから行く店はダイニングバーなんだけど、食事が美味いんだ」

「二年の間何もない島で過ごしてきたから、ダイニングバーなんて久しぶりです」

「そうなのか？　俺は三月に戻ってきてから偶然入った店が気に入ってよく通っている。独り者にはありがたい店だ」

「そんなに気に入っているんですか？」

ちょっぴり呆れていると、名波がニヤッと笑う。

(ああ……これ、好きだった顔だ)

恋焦がれていたとき、この表情が好きだった。今でも好きだけれど、以前と今とでは『好き』の種類が違っている気がする。

焦がれるように想っていた時期は完全に片想《かたおも》いだった。退職した夜に名波に抱かれ、自分から姿を消してからは、想いは濃密になり名波への気持ちは揺るぎないものに変わった。

そして今、普通に会話を続けながら、胸の内では悦《よろこ》びに震えている。

我ながら、面倒くさくて厄介な女だと思う。

一瞬、名波に見惚れて前方から男性が迫ってきたのに気が付かずぶつかりそうになる。名波に肩を掴まれ、引き寄せられて難を逃れた。

「すみません」

「いや、人が多いな。危ないから手を繫《つな》ぐよ」

そう言って手をギュッと握られそのまま雑踏の中を進む。繫いだ手から名波の熱や想いさえも伝わってくるようで、奈緒の頰が次第に熱くなっていく。

(私ったら、手を握られたくらいで……意識しすぎ)

恥ずかしいけれど、嬉しさを隠しきれない。

目当ての店に辿り着くと自然と離された手が少し寂しい。名波が分厚いドアを開けると音量を調整した音楽と楽しげな声が一気に耳になだれ込んだ。

適度に賑《にぎ》わっているけれど、うるさくない。客層がいい店だと奈緒は感じた。

店の人に案内されて、ソファー席に座る。腰をかけると包み込まれるような座り心地に思わず声が出た。

「わ……」

そんな奈緒を名波は目を細めて見つめている。

「このソファー最高だろう？　家にも一つほしいくらいだ」

「ですね。わぁ……眠ってしまいそう」

「いいよ。寝たら俺の家に連れて行くから」

「……っ。ねっ、眠りません！」

また頬が熱くなってきた。ムキになる奈緒を見つめて名波がクスクスと笑う。注文したビールが届くと名波は乾杯してから一気に半分まで飲んだ。

「仕事終わりのビールは最高だな。これで明日が休みならいいのに」

「そうですね。あの……私は明日休みです。ごめんなさい」

申し訳なさそうに手を挙げると、名波が悔しそうな顔をする。

「羨ましい。まあ俺達も一応土日が休みになっているけど、容赦なく電話は入るし、何ならすぐに来てくださいって呼ばれるし」

「……ですよね」

その、呼ぶ側の人間なだけに申し訳ないと思う。

「でも、先生はいつも嫌な顔をされないので、看護師達の評判がいいです」

評判がいい。くらいのものではなくて、名波はやたらと騒がれているのだが、本人はそれをさり気なく無視して仕事に邁進《まいしん》している。そんな所が人気の理由なのかもしれない。

その言葉を社交辞令ほどに受け取った名波が、料理が運ばれた後で奈緒に問いかける。

「で、俺が知りたいのは君の元気がない理由なんだけど、何かあった？」

「……はい、まぁ」

相談してもいいのだろうか？　何もかも名波に頼り切ってしまえたら……甘ったるい感傷に流されそうになるが、それはどう考えても名波も迷惑だろうと思い直す。

しかし、奈緒を見つめる目は真剣で、本気で心配しているのがひしひしと伝わってくる。奈緒はボソボソと今日の出来事を話していた。

「安藤先生にエレベーターで会ってしまって……」

安藤という名を耳にした名波の表情が一瞬で険しいものに変わる。

「安藤に何かされた？」

「いいえ、何も。日勤が終わった頃に連絡をいただいて外来でお話をしました」

「えっ？」

名波が身を乗り出して奈緒を凝視する。

「一人で行ったのか？」

「はい。電話の声が落ち着いていたので、大丈夫な気がしました。安藤先生は小児科医になれていて、かなり反省した様子でした。あの、名波先生……」

「何？」

「安藤先生は以前とは全く人が変わっていて、私に丁寧に謝罪をされました。それで、私も彼への恐怖が薄れてきたというか、あの出来事を過去にできた気がします」

「君はそれで彼を許せたのか？」

不適切なことではあるが、職員間でのパワハラは、ある意味日常茶飯事だ。

(私はそれに耐えられず逃げた。それだけのこと)

だから、名波先生もあの夜のことは忘れて、私の心配なんてしなくていいんです。そう言って名波を解放してあげた方がいいのだ。

優しい人だから、いつまでも心配してくれる。それが嬉しくて甘えてしまうけれど、もう前に進まなきゃいけない。

そんな想いを込めて奈緒は頷いた。

「許すも何も……安藤先生に対してまだ恐怖心は残っていますけど、普通に話すことができたのでよかったと思っています。先生、今まで心配してくださってありがとうございました。私はもう大丈夫ですから」

明るくそう言って料理に目を向ける。奈緒は笑顔で名波に問いかけた。

「先生、これ食べてもいいですか？　お腹がぺこぺこです」

「どうぞ、俺も腹ペコだ。食べようか」

おしゃれな店内なのに、出てくる料理はがっつり食欲を満たしてくれるもので、奈緒はさっきからチーズが皿にしたたり落ちるドリアが気になって仕方がなかった。

ドリアの中にはなんとハンバーグが隠れていて、これ一皿で夕食が完結しそうな一品だ。

奈緒は皿に取り分けて名波に渡す。自分の分も手元に置き、チーズが絡みつくハンバーグを口に入れた。

「わ！　先生、すごく美味しいです」

「美味いな。それにしてもすごいボリュームだ」

「先生は太る心配なんかないでしょう？　私はちょっと心配だけど」

「三浦さんはもう少し太ってもいいよ。顔は俺の手のひらより小さいくらいだし、体が細すぎる」

「それは言い過ぎです。足は太いしお腹だってぽっこりだし、色々とダメなんです」

「そうか？」

名波の視線がお腹あたりを彷徨《さまよ》うが、失礼に当たると思ったのかすぐに目をそらし、軽く咳《せき》をして奈緒に問いかける。

「太ったのか？」

「……それ聞きます？　体重は変わってないですけど、島では総合病院にいた頃のように走り回っていなかったから、身も心も緩んでいました」

二人ともわかっている、いつと比べて太ったのかを。

自分を抱いたことで、名波の心に生まれた義務感のようなものから解放してあげたい。

そう思っていても、あの日の出来事は今も奈緒を甘く癒し、二人の会話の端々に顔を出してくるのだ。

体は正直だ。名波の存在を意識して胸は高鳴り頬は血色を増して輝く。ビールをクイッと飲み干すと奈緒はテーブルにグラスを置いた。

ビールはこのくらいにして、次はノンアルコールのドリンクを頼もうか？　メニューを見ようと手を伸ばすと名波が低い声で奈緒に語りかける。

「なあ、奈緒……」

急に下の名前で呼びかけられて、奈緒の動きがピタッと止まった。ゆっくりと顔を上げると、名波が熱い眼差しで奈緒を見つめていた。

「はい」

奈緒の声は掠《かす》れ、それ以上何も言えなくなった。名波の口から発せられる言葉をジリジリしながら待った。

名波の腕が伸び、テーブルに乗せていた奈緒の左手にそっと触れてくる。そのまま熱い掌《てのひら》に包まれて、引っ込めることができなくなってしまった。

奈緒の目を捉え、穏やかな低い声で語りかける。

「君が安藤のしたことを忘れられるのなら俺も安心できる。でも、俺達のことは過去にしないでほしい。奈緒、俺は今でも君が好きだ」

「……えっ？」

「ホテルに置き去りにされた後、病院を辞めて俺はアメリカに行くことになったけど、一日たりとも奈緒を忘れたことはなかった。なあ、あの時俺に言ってくれた言葉は今も有効か？」

「言葉……？」

切々と言い募られ、奈緒は名波から目が離せなくなった。

包まれた左手から伝わる熱が、奈緒の決心を崩していく。『言葉』とは、ホテルで奈緒が声に出さずに告げた名波への想いのことなのだろうか？

あれをしっかり理解して覚えてくれていたのか……。

名波への恋心を隠し自分に嘘をついてまで、奈緒はあの夜のことは今の名波にとっては些細なことであってほしいと願っていた。

自分のように、悪い噂に負けて逃げ出した人間は、名波に好かれる資格などないと思っていたのだ。

一度寝たくらいで、深い関係があると勘違いしてはいけないと自分を戒めてきたのに、名波の眼差しに捉えられ奈緒は狼狽《うろた》える。

「君の言葉があったから、俺は希望を持ったんだ。奈緒、今でも想ってくれているのなら、俺を受け入れてほしい」

名波は両手のひらで奈緒の左手を包み込み切々と言い募る。その熱意は奈緒の胸に伝わり、悲しみや孤独の塊を徐々に溶かしていく。

（捕まってしまった……）

奈緒は名波の眼差しを受け止めて泣き笑いのような表情を浮かべる。

「……はい」

他に言葉が見つからなくて、奈緒は愛想のない短い言葉を返した。しかし、それだけで名波には伝わったようだった。

「奈緒」

立ち上がった名波に手を引っ張られて奈緒も慌てて席を立つ。

「二人っきりになれる所に行こう」

会計を済ませて慌ただしく店を出る。タクシーに乗り込み名波が口にした場所は、近くにあるホテルだった。

まるで、離すと奈緒がどこかに消えてしまうとでも言うように、車内でも手はしっかりと握られたままだ。

奈緒はヘッドライトが光の帯のように流れる様や街の灯をぼんやりと見つめていた。ふと名波を見上げると、横顔に光が当たり端正な輪郭が浮かび上がる。

（きれい……）

声に出さずに呟きその横顔を眺めていると、目が合い名波が微笑みかける。

「そんな顔で見つめられると焦る」

「……どんな顔ですか？」

名波は奈緒の頬に触れ、指の腹で優しく撫でる。

「よかった……瞳が潤んでいたから、俺が泣かせたのかと思った」

「私はあまり泣かないタイプだと……」

「そうか？　俺はあの時の奈緒の涙に落とされたんだけどな」

「えっ……」

そう言われて奈緒は絶句してしまった。

あの時とはたぶん、二年前にホテルで結ばれた夜のことだ。あの時奈緒は名波に抱かれたい一心で無我夢中だった。

自分が何をしたのかを逐一覚えていないのだが、名波はもしかしてあの時の奈緒の一挙手一投足を憶《おぼ》えているのかもしれない。

奈緒が名波の記憶力に慄《おのの》いている間に、タクシーはホテルの車寄せに着いていた。

名波がチェックインする間、奈緒はソファーに腰をかけて豪華なロビーを眺めていた。巨大なシャンデリアが天井で煌《きら》めき、壁には美しい絵画が飾られているが、その壁紙でさえ芸術的な地模様が施されている。

名波に手を握られてエレベーターホールへと向かう時も夢心地で、カーペットが敷き詰められたホテルの廊下を進むと、足元がふわふわとして現実感がまるでない。

部屋に入りキングサイズのベッドを目にして初めて、これから名波に抱かれることが現実味を帯びてきて一気に動揺してきた。

名波の体の熱をあんなに焦がれていたというのに、奈緒は今になって怖気《おじけ》づいている。

ジャケットを椅子の背にかけている名波に近寄り声をかける。

「先生、わ……」

私、やっぱり帰ります。奈緒がそう言いかけたその時、振り返った名波にいきなり抱きしめられた。驚きで声が出ない奈緒の名を呼び、力が強くなる。

「奈緒……」

想いを込め離さないとでもいうように抱きしめられて、奈緒の胸が甘く締め付けられる。

名波のシャツに顔を埋めると、ウッディ調の香りが鼻孔をくすぐり、このままずっと抱きしめられていたいと思うほどに心地いい。

名波が背を屈《かが》め首筋に顔を埋めて、切なそうに奈緒の名を呼ぶ。耳朶《じだ》を喰《は》まれ首筋にキスが落とされると、奈緒はくすぐったさと愉悦に肩を竦《すく》ませる。

「や、くすぐったい」

甘えてそう呟くと、名波が嬉しそうにフフ……と笑う。

「前もそうだったな。奈緒はくすぐったがり屋だった」

そんなことまで憶えていたのか？　あの時、何も言わずに去った自分を恨みもせずに想い続けてくれていたのかと思うと、奈緒の鼻がツンと痛くなる。

想いを伝える代わりに、名波の広い背中に腕を回してギュッとシャツを握りしめた。

頬を撫でられて顔を上げると、唇が塞がれ熱い舌が歯をすり抜けて入ってくる。名波の荒い息を受け止めながら熱い舌を絡ませ唾液が混ざり合いキスが深まっていく。

髪の毛を両手で弄られながら、口腔が舌で柔らかくなぞられ、その心地よさに深い吐息が漏れる。

舌を持っていかれそうなくらいに強く吸われ、奈緒は堪えきれずに甘く喘いだ。

「んぅ……っ」

二年ぶりのキスは性急で、付いていくのがやっとだけれど、互いの身体の熱を感じながら弄り合うと気持ちが昂って今すぐにでも肌を合わせたくなる。

さっきまで帰ろうと考えていたことなんてどこかに飛んでいってしまって、奈緒は酸欠になりそうなほど激しい名波のキスを受け止めながら悦《よろこ》びに包まれていた。

キスを受けながら体を押され、脚にベッドのマットレスが当たる。そのまま腰をかけるとそっとベッドに仰向《あおむ》けに横たえられた。

ジャケットが脱がされ、コットンのセーターも剥《は》ぎ取《と》られる。

奈緒の腰に跨《また》がった名波が一切まごつくことなくシャツのボタンを外し脱ぎ去った後、奈緒の胸元に手を這《は》わせる。

滑らかな素材のベージュのハーフカップブラという、普段使いのブラを身につけていたことが少しだけ恥ずかしいのだけれど、名波はブラには目もくれずカップからはみ出た乳房の盛り上がりを愛《め》でるように撫でている。

膨らみにキスが落とされ大きな掌で撫《な》で回《まわ》されると、淡い色の先端がカップからはみ出て顔を現す。

それを指で弾かれて奈緒は思わず声を漏らした。

「……あっ！」

奈緒の喘ぎを耳にした名波が、笑みを浮かべながら背中のホックを外す。その笑みはいつものふんわりとした優しいものではなくて、瞳にはどこか獰猛《どうもう》な光が垣間見える。

その瞳を見つめる奈緒の背がブルッと震えた。怖くはない。それよりも、これから起こることへの期待と興奮の方が強い。

ブラを外された乳房は半円を保ったまま揺れ、先端はツンと天を向いて名波を誘う。

下から持ち上げられるように両手に包まれ、じっと見つめられると恥ずかしくて奈緒は思わず声を上げた。

「はっ……恥ずかしいですっ。そんなに見ないで……っ」

「こんなに綺麗なのに、見るなとは酷な話だ。そんなこと言わないでくれ」

綺麗と言われて奈緒の肌が羞恥で染まっていく。二年前、名波と結ばれてからは誰にも見せたことのない肌だ。

本当は、名波と身も心も溶け合って告げたい。『私はあなたのもの……』でも、それは大袈《おおげ》裟《さ》だと思われるだろうし、あまりにも込められた想いが重すぎる。

だから、奈緒は気持ちに反して、身を屈めて胎児のように丸くなった。

「やっ……」

しかし、名波はクスッと笑って奈緒をあっけなく仰向けにして身につけていた全てを取り去ろうとする。

「奈緒、裸になって抱き合いたい。なあ、俺はもう我慢できない」

余裕がないみたいに言うけれど、奈緒を見つめる瞳はどこまでも優しい。名波の手で全てが脱がされてベッドの下に衣類が散らばっていく。

名波がスラックスと下着を脱ぎ全裸になった。記憶よりもさらに逞《たくま》しくなった気がするその体は、細身なのにしっかりと筋肉が付いてアスリートみたいだ。

大胸筋から続く腹直筋、全てが滑らかな肌の下で硬く息づいている。

奈緒は思わず手を伸ばし、胸に手を当てる。

「硬い……」

そう言って少し引き攣った笑みを向けると、上半身がいきなり抱き上げられて激しく唇を喰まれた。驚きで目を見張ると、名波の閉じた瞼《まぶた》の下で長いまつ毛が震えている。

（綺麗……）

その顔に見惚れる余裕もすぐになくなって、奈緒は嵐のような名波の愛撫《あいぶ》に翻弄される。心臓がドクドクと激しく鼓動し息が浅くなる。深いキスにその息さえも奪われ、奈緒は涙目で酸素を求めた。

ようやく唇を離されると、耳朶が喰まれ首筋に吸い付かれる。その熱い粘膜が押し付けられると、甘い愉悦に足の間を蜜が溢れ、滴り落ちていくように感じられる。

胸を弄る無骨な指が時折頂をかすめ、奈緒の腰がビクビクッと愉悦に跳ねる。

「はぁ……っ、はぅ……ん」

（ああ……どうしよう。あの指に触れたい……）

どうしてだか奈緒は、名波の指に触れたくてたまらなくなって、胸を弄る手に思わず自らの手を重ねた。

「ん……どうした？」

「先生、指……」

意味のない言葉を呟き、名波の片手を取ると奈緒は人差し指を口に含んだ。そのまま舌を這わせ指に吸い付く。

「……っ、奈緒」

名波が動きを止め奈緒に熱い視線を向ける。

(どうしよう……先生のこと、好きでたまらない)

潤んだ瞳で名波を見上げて指を吸う奈緒を見つめていた名波は、片手で乳房を強く揉みしだき先端を唇に含んだ。

熱い粘膜に包まれ舌でなぶられて、乳首が硬く尖っていく。指をしゃぶっていた奈緒が堪えきれずに喘ぎ声を上げた。

「やぁ……、あぁッ！」

名波の勢いに押されて奈緒の体はシーツに沈み、吸い付いていた指が離された。乳房が両手で掴まれ中央に寄せられると、チュッチュッと音を立てて先端を交互に吸われる。

「あぁ……っ、あ、やぁ……きもちい……いっ」

名波の髪の毛を弄りながら頸《くび》を反らせて愉悦に咽《むせ》ぶ。乳房を揉みしだきながら、名波の舌は肌を這い下りていき、鼠蹊部を撫で柔らかい繁《しげ》みに辿り着く。

「あっ……」

鼻先が埋められ、匂いを嗅がれているのだと感じた奈緒が手で秘所を隠そうとするが、手首を掴まれ無防備な状態に晒される。

「や、恥ずかしい……」

「どうして？　奈緒の匂いが俺は好きだ。それにほら、こんなにグチュグチュに濡《ぬ》れて……」

脚を開かれ、花弁を舐《な》められて腰が跳ねる。

「あ、やぁ……」

甘えた声を出す自分がまるで知らない人のように感じられるが、今はただ名波の指や唇が与えてくれる愉悦に浸っていたい。

花弁を捲《めく》られ奥の尖りを舌で突かれ、背を反らせて喘ぐ。

「あぁッ！」

尖りは舐められているうちに芯を持ちぷっくりと膨れ赤く染まっていく。それに軽く歯を立てられ音を立てて吸われ、執拗《しつよう》に弄られて奈緒は堪えきれずに声を上げる。

「あ、やぁッ！　そこダメ……っ」

脚の間に陣取る名波の頭を押すけれど、びくともしないし止めてもくれない。そればかりか、なおも尖りを舐め続け、奈緒は首を仰《の》け反《ぞ》らせて体を震わせる。

ピチャピチャと水音が響き、痛みの一歩手前の感覚と激しい快感に奈緒は頭を左右に振らせながら懇願した。

「あぁ……っ、やぁ……っ……やっ、強くしないでぇ……ぁひぃ……ッ！」

激しく達して、頭の中が真っ白になり一瞬だけ意識を手放した。

ハッと気がつくと、滑った蜜口から、異物が入ってきて奈緒は瞼を開く。目の前に名波の顔があり、目を開いた奈緒をじっと見つめている。

奈緒は口角を上げようとしたが、蜜口から入ってきた指に中を擦られて思わず反応してしまった。

「んぁ……ッ！」

感じて声を出す瞬間を、至近距離で見つめられて恥ずかしくてたまらない。これを名波に訴えると、笑って相手にしてくれない。

「恥ずかしいから、そんなに見ないでください……っ」

「そんな酷なことを言わないでくれよ。奈緒の全てを見つめていたいのに」

「……！」

ナチュラルに殺し文句を吐かれ、奈緒は言葉を失う。

奈緒の身体は、名波の愛撫のせいで十分すぎるほど潤んでいるせいか、久しぶりの行為なのに痛みは全く感じられない。

「奈緒、すごく締まってる。さっきイッたからかな？」

普段は優しい名波が行為の際には少しばかり強引に感じられるけれど、やはり名波を好きなので、奈緒は「うん」と素直に頷き閉じていた目を開く。

「あそこばかりを強く触られて気が狂いそうになりました。もう……やめてって言ったのに」

少し拗《す》ねて訴えると、ニヤッと笑い愛液で滑った自らの口元を拭う。

やがて、唇が押し付けられて舌がスルッと入ってくる。角度を変えて交わされるキスは深く甘く奈緒を満たしていく。

キスの合間にも名波の指は抽送をやめない。二本の指でお腹側の内壁を擦られて重苦しいような感覚に腰がビクッと震える。

クチュクチュと淫靡《いんび》な水音が静かな部屋にやけに響いて、聞いているこちらもすごくいやらしい気分になってきた。無骨で長い指に中壁を執拗に弄られ愉悦に腰がガクガクと震える。ある箇所を指が掠めた瞬間、電流が走ったみたいに快感が背中を走り、思わず大きな声が出た。

「んぁッ！」

恥ずかしいほどの大きな声に、驚いて唇を離した名波に問いかけられる。

「ん？　痛かった？」

「大丈夫。なんだか……不思議な感じがしたの」

「これか？」

そう言って同じ場所で指をクイっと曲げられて、いきなり来た快感に内腿《うちもも》が震える。

「……っ、あぁッ！」

中で一度達したのに、何度も内襞を指で抉《えぐ》られて快感が波のように押し寄せてくる。中襞が蠢《うごめ》き二本の指を締め付ける。奈緒は制御のできない快感に腰を震わせて喘いだ。

唇が塞がれ舌が持っていかれそうなほどに強く吸われ、恐怖と快感のはざまで愉悦に塗れる。

名波の腕にしがみ付き、奈緒は体を痙攣《けいれん》させて絶頂を味わっていた。

濃すぎる情交に息つく暇も与えられない。弛緩《しかん》した奈緒の中から指が抜かれると、それだけでまた感じて体がビクッと震える。

「んっ！」

名波が床に散らばったスラックスから避妊具を探し出し装着をしている。霞《かす》んだ目でそれを見た奈緒は、疲れ切っているはずなのに、あれが入ってくるのだと思うだけで、中壁が疼くのを感じた。

想い続けた男との行為は、奈緒をどこまでも貪欲にさせる。たとえそれが自分の体力のキャパを超えていたとしても。

「奈緒、大丈夫？」

気遣わしげに名波に問いかけられて、奈緒は横たわったまま手を差し伸べた。

「大丈夫。来て……」

膝を立て露わになった秘所に屹立を押し当て名波が腰を進めてくる。散々達した後の愛液で滑った蜜口から、太く硬い先端が押し入ってくる。

「うう……」

入ってくる際の感覚が、当然だが記憶や夢よりも生々しくて圧迫感が強い。痛くはないのだけれど、奈緒は涙目で名波の腕にしがみつく。

中壁がメリメリと押し広げられるようで一瞬怖いと感じたけれど、名波なら大丈夫だとわかっている。

恋焦がれ、夢で何度も会っていた名波との情交は、これまで心を殺して生きていた奈緒の感情を昂らせていく。

「奈緒……っ」

切ない声で呼ばれ目を合わせれば、熱い唇が落ちてくる。名波のキスに応えていると、腰を少し引かれ剛直がグイッと入ってきて奈緒は大きくのけ反った。

「……うッ！」

全てが収まると、その圧迫感で自ら動くのが躊躇《ため》われるほど。

二年前はかなりアルコールを飲んで感情が昂っていたせいか、剛直の大きさがあまり気にならなかったが、今夜はかなり一杯一杯な状況だ。

(どうしよう。私ってば、大丈夫かな？)

心配そうな表情に見えたのか、名波が奈緒の両頬を手で包み込んでキスを落とす。

挿入されたままでのキスはより甘く感じられて、絡みつく舌にむしゃぶりついて夢中で応えていた。

やがて……唇が離れ、オデコを合わせたままで名波がささやく。

「奈緒、動くよ」

「はい……」

片方の膝が掴まれ、脚を大きく開かれて名波の体が覆《おお》い被《かぶ》さってくる。熱い体に包まれて、奈緒の心拍数がますます上昇していく。

腰を引き、勢いよく楔《くさび》が打ち込まれるたびに、滑った結合部分がクチャクチャと淫靡な音を立てる。中壁が深く抉られると、はげしい愉悦に奈緒は身を捩《よじ》って声を上げる。

「あぁッ！　あ……っ、あふぅ……ん」

ゆったりとした抽送を繰り返し、剛直は内襞を抉るように出入りし少しずつ奥に近づいていく。それが繰り返されていくうちに快楽が込み上げてきて、中が熱く疼いてくる。

時折角度を変えて中壁を穿たれ奈緒は背を反らせて愉悦に咽《むせ》んだ。

「んっ……んん……っ、っぁあッ！」

喘ぐ奈緒にキスが落ちてくる。唇で繋がったまま浅い中壁を突かれて、声にならない喘ぎを漏らす。

奥の壁を突かれるよりもずっと、甘ったるい快感が湧いてきて無意識に内襞が楔を締め付け、突かれる度に腰から甘い悦楽が生まれる。

「んっ、んっ、んっ……んんんっ……ッぁ！」

「……っ、閉まる。奈緒……ここか？」

名波に囁かれ、奈緒は上気した顔で頷く。

「……んっ、そこぉ……っ、あ、や、そこばっかり……っ、やぁッイク……ッ」

お腹側の丁度感じる中壁を穿たれ、奈緒は首を仰け反らせて喘ぐ。リズミカルに繰り返し抉るように突かれ、奈緒は今日何度か目の絶頂を味わった。

「あぁ……すごい締まってる。なぁ、俺もイッていいか？」

「……ん、はい……」

もう返事さえしんどくて、気だるい体をシーツに重く沈める。その腰をガッチリとホールドして、絶頂を味わって狭くなった膣中に、名波は何度も重い楔を打ち付ける。

「ああ……奈緒……っ、すごく締まって吸い付いてくる」

「やぁっ！　あっ、あっ、あ、や……っ、きッつ……あぁっ、あッ、あぁぁ……！」

最奥にまで届きそうなほどに何度も穿たれ、奈緒の身体がガクガクと揺れる。

揺れる乳房を掴まれ揉まれ、その快感に中壁がさらに楔に絡みつきキツく締め付けていく。

「……あぁ……奈緒……持っていかれそうだ。……すごい……っ」

大きく腰を引き、硬く大きな昂りが最奥に沈められる。ズ……ン！　と腰に響く甘い愉悦に奈緒はまた声をあげる。

「あぁッ！」

子宮口まで届くほどの深さに楔が打ち込まれ、腰がガクガクと震えて、痛みと紙一重の快感に悲鳴のような声が漏れる。

「あぁ……っ、や、壊れちゃう……っ、あぁぁ―――！」

「くっ……なお……っ！」

最後にゴリッと奥をグラインドされて奈緒の目の前を火花が散った気がして……二人は同時に果てた。

弛緩した奈緒の上に、名波がゆっくりと身を委ねる。その背中に腕を回し、ぎゅっと抱きしめながら奈緒は眠りに落ちていった。


「……ん」

水の音で奈緒は眠りから目覚めた。寮の部屋ではないことに一瞬狼狽えて、ここはホテルだと思い出す。

(私……名波先生と昨夜……あんなに乱れて……ど、どうしよう、恥ずかしい！)

今更焦っても仕方ないのに、昨夜の乱れた様を思い出し、恥ずかしさでいたたまれない。このまま布団を被って狸《たぬき》寝入りをしたいところだが、チェックアウトの時間も気になってきた。

奈緒は床に落ちているはずの衣類を探すが、床には何も落ちていない。

水音が聞こえるから名波はシャワーを浴びているのだろう。今のうちに衣類を身につけてしまおうと、ベッドから抜け出す。

キョロキョロと辺りを探しても見当たらないので、クロゼットを開けると衣類はそこにかけられている。

下着がないので、ベッドカバーを捜し出し急いで身につける。洋服を着て、ドレッサーの鏡で確認すると、髪の毛はボサボサだけど、その他は問題なさそうだ。

仕事帰りだったから、あまり化粧をしていないのが幸いした。

髪の毛を手櫛で整えていると、浴室のドアが開いて名波が出てきた。腰にバスタオルを巻いて、髪の毛や上半身がまだ濡れて肌は雫《しずく》を纏っている。

昨夜、散々名波の裸は見慣れていたはずなのに、朝日の元で半裸を見せつけられて奈緒の心拍数が急上昇する。

「奈緒、起きていたのか？　身体は大丈夫か？」

「だ、大丈夫……です。オハヨウゴザイマス」

たどたどしい日本語を口にして目を逸らす。

「ん？」

近づいた名波に頬を両手で挟まれ、強制的に上向かされる。

目を泳がせる奈緒を不思議そうに見つめていたが、ピンと来たらしく、ニヤニヤと意地が悪そうな笑みを浮かべる。

「奈緒、もしかして恥ずかしがっているのか？」

「べ、別に」

「本当に？」

首を傾げて奈緒を見つめる名波が眩《まぶ》しすぎて、奈緒は落ち着かない。

「わ、私、シャワーを！」

逃げようとする奈緒を片手で捕まえて。名波はメニュー表を手にする。

「なあ、奈緒は休みだろう？　ルームサービスを頼もうと思っているんだけど、朝食に付き合ってくれる？」

「あ、そうか。先生はお仕事なんですよね」

激務の名波の仕事のことまで頭が回らなかった。奈緒は自分のことだけを考えていたことをすぐに反省した。

「ごめんなさい。私……自分のことばっかりで。先生、疲れていませんか？」

「全然！　心配しなくてもいいよ。奈緒をチャージして超元気だから。朝食は和・洋、何にする？　俺は洋にしようかな」

即座に心配を払拭されて少しホッとした。ゲンキンなもので、なんとなくお腹も空いてきた。

「じゃあ私も洋でお願いします」

「オッケー。頼んでおくからシャワーに行っといで」

解放されて奈緒は浴室に走る。その後ろ姿を見送って名波はクスクスと笑っていた。

浴室で服を脱いで鏡に映った姿を見ると、身体のあちこちに赤い跡が残っていた。昨夜の行為の名残りを目の当たりにして、羞恥で奈緒の体温が一気に上昇する。

シャワーの後の名波の姿はすごい破壊力で、この人が自分を好きでいてくれたことが、正直まだ信じられない。

数秒間ボーッと佇《たたず》んでいた奈緒だったが、名波と朝食を摂ることを思い出し、急いでシャワーを浴びることにした。


最速で身だしなみを整えて浴室を出ると、美味しそうな食事が優雅な食器に盛られてテーブルに並んでいる。

カゴに入った熱々のパンにオレンジジュース。オムレツと野菜サラダにコーヒー、それに綺麗にカットされたフルーツまで。

「わぁ……美味しそう」

思わず声を上げると、名波が「おいで」と手招く。

「奈緒、食べよう。俺はさっさと食べるけど、気にしないでゆっくり食べてくれ」

「は、はいっ」

コーヒーを飲みながら正面に座る名波にチラッと視線を送る。風呂上がりの艶のある肌に無精髭《ひげ》がやけにセクシーで、奈緒は目が離せない。食事をする所作が綺麗でしかも早い。奈緒がボーッとしている間にほぼ食べ終えてコーヒーに手を伸ばす。

「奈緒、温かい内に食べた方がいいぞ」

「あっ……はい」

コーヒーを一口飲んだ名波が奈緒の視線に気がつき、怪訝《けげん》そうに尋ねる。

「ん、俺の顔に何か付いている？」

奈緒は首を振ると、口を開いた。

「あの、無精髭のまま仕事をするんですか？」

「あ？」

奈緒の問いかけに名波が顎の髭を片手で撫でながら首を傾げる。

「いや、医局に自分のシェーバーを置いているから剃《そ》るよ。カミソリは苦手なんだ」

外科医のくせにカミソリが苦手とは可愛いではないか。奈緒は名波が髭を剃ってから仕事をすると聞いて安心した。

「それならいいです」

「え、俺の無精髭ってそんなにみっともない？」

名波が別の方向で理解しそうなので、奈緒は慌てて軌道修正を図る。

「ちっ、違います。その……無精髭がカッコ良すぎて、みなさまの目の毒かなと思って……」

本当は、セクシーすぎて人に見せたくないのだが、そこまで言う勇気は奈緒にはない。名波は含み笑いを浮かべて嬉しそうだ。

「そうなのか？　じゃあ、奈緒と一緒の時には髭を剃らない方がいい？」

「それも困ります」

「なんで困るんだ？」

色気がありすぎて、押し倒したくなるので困るのだが、そろそろ恥ずかしさに頬が熱くなってきた。

「先生、これ以上はノーコメントでお願いします」

名波が目を丸くしているが、奈緒はさっさとバカップルみたいな会話をぶった斬ってナイフとフォークを手に取った。

奈緒が食事をしている間に名波は仕事に行く準備を始める。時間は午前八時、タクシーがすぐに捕まってもギリギリの時間だ。

「食事中なのに悪いな。俺は仕事に行くけど、十一時までにチェックアウトすればいいからゆっくりしてくれ。帰りにフロントにカードキーだけ戻してくれるか？」

「はいっ」

慌ただしく出て行こうとする名波を追って奈緒も出口に向かうと、ドアに手をかけた名波が振り返りチュッと奈緒にキスをした。

「……っ！」

「じゃあ……気をつけて帰るんだぞ」

「い、行ってらっしゃい」

顔を真っ赤にしながら、奈緒は名波を見送ったのだった。


名波に好きだと告白され、奈緒は喜びに浸るよりも今の状況が夢のようだと感じてフワフワと落ち着かない。心を凍らせたまま過ごした二年間を思うと、幸せすぎて現実味がないのだ。

何か悪いことが起こって、今の幸せが壊れるのではないかと恐れていた。

ホテルでゆっくりと朝食を終え寮に戻ってベッドに横たわると、昨夜の行為の反動か眠気に襲われてうたた寝をする。

目覚めてもまだ窓の外は明るくて、奈緒は柔らかいクッションに顔を埋めて名波のことをぼんやりと考えていた。

昨夜散々名波と肌を合わせた後なのに、もう恋しくなっている。

今の時間だと午後イチの手術を終えた頃か、それとも病棟で仕事をしているかのどちらかだろう。

本当は今夜も会いたいし、できればずっと一緒にいたい。そんな女は重いと思われるから、願うだけにしておかないといけないのだけれど。

安藤に再会した動揺も、名波との夜のおかげですっかり消えて、何も心配することなんてないのだと思えてきた。

（私って、こんなに幸せでいいのかなぁ？）

元来の心配性と過去のトラウマのせいで、奈緒は今の幸せを素直に喜ぶことができないでいた。

第五章　トラブル

　四月に入職してから早や一ヶ月が過ぎ、病棟の仕事にもかなり慣れてきた。奈緒は認定看護師の仕事もあるので、他の看護師よりも夜勤が少ない勤務体系になっている。

　今日もナースステーションで看護記録を入力していると、がん性疼痛の緩和療法を行なった患者の退院後の生活に関する話し合いに向かう時間が近づいてきたので、部屋にいた主任に声をかけてに向かうことにする。

「主任、これからカンファレンスに行ってきますので、よろしくお願いします」

「了解！　行ってらっしゃい」

「すみません」

　頭を下げてパソコンを手に急いで向かう。カンファレンスルームには、担当看護師の沢田とケースワーカーと薬剤師、それに患者さんの退院先の施設職員二名が来ていた。奈緒は五人に挨拶をして席に腰かける。

「お疲れさまです。よろしくお願いします」

挨拶を返されて談笑していると、担当医師の新井《あらい》とリハビリ担当者が連れ立ってやってきた。

今回の患者は、退院後も緩和療法を続けながら日常生活動作のリハビリを継続する予定だ。

施設職員に新井医師から説明が行われ、リハビリ担当者から退院後のリハビリについて丁寧な指導がされた。

奈緒も退院後の患者の心理面や精神面を安定させるためのアドバイスをし、必要なら主治医から精神科医へ紹介をしてもらい外来受診ができることを説明した。

奈緒の方からあらかじめ新井医師に紹介状をお願いしていたので、医師はにこやかに精神科受診の必要性も説明してくれた。奈緒が施設の担当者に質問がないか確認すると首を横に振ったので、理解してくれたのだと安心したのだった。

スムーズに話が進み、薬剤師から麻薬を含む薬の説明が行われカンファレンスが終了した。参加者達が席を立つ中で沢田とケースワーカーは施設職員の細々とした患者の生活についての質問に答えている。

奈緒は残る人達に挨拶をして部屋を出る。

ナースステーションに向かっていると、廊下の向こうから白衣を着た長身がゆっくりと歩いてくるのが見えた。名波だ。奈緒の先を歩いていた新井医師が手を挙げて声をかける。

「名波先生、週末の飲み会どうされます？」

「教授が主催する『桜を観《み》る会』のことですか？　あれは遠慮しておきます」

「えっ、教授の誘いを断るんですか？」

新井医師が心から驚いているが、名波は笑って首を横に振る。

「その日は用事があるし、桜はもう散っているでしょう？　教授の相手は、後で個人的にしますよ。新井先生も用があるなら断ってもいいと思いますよ」

「無理ですよ。あーあ、名波先生は我が道を貫けていいですね」

「そんな大袈裟なものじゃあ……あ、三浦さん、ちょっといい？」

二人の会話を聞くともなしに聞いていた奈緒がナースステーションに入ろうとすると名波に呼び止められる。

「はい、なんでしょうか？」

「患者さんのことで聞きたいことがあるんだけど」

そう言ってナースステーションとは反対側の談話室の側に奈緒を誘導するが、隣を歩きながら小声で囁く。

「今夜非番だから、食事に行かないか？」

奈緒はハッと顔を上げて名波を見つめる。嬉しさに頬を染めながら小さく頷いた。

「承知しました」

奈緒の返事に満足げに微笑むと、名波は仕事の会話に切り替える。

「五五〇号室の前田《まえだ》さんに悲観的な言動が多くなってきたと担当看護師からメールが入ったん

だが、時間がある時に一度確認してみてくれないか？　君の感触を聞き取った後にもう一度患者さんを診て精神科に相談しようと思う」

「承知しました。今日にでも？」

「うん、頼む」

　奈緒の肩をポンと叩くと、名波は回診に戻っていく。

　奈緒はひとまずナースステーションに向かい、五五〇号室の前田さんのカルテを熟読しておくことにした。

　前田さんは外来で疼痛管理をしていた患者で、昨日奈緒が帰宅後に入院してきたので、今日あたり外来の疼痛担当看護師の大原に詳細を聞こうと思っていたところだった。

　パソコンにログインして前田さんのカルテを開いていると、カンファレンスで一緒だった沢田が戻ってきた。

　主任の元に走り寄ると、大きな声で苦情を言い始める。

「主任、聞いてくださいよ。今日のカンファに施設の看護師と理学療法士が来ていたんですけど、私の言うことを全く理解してくれなくて大変だったんです！　もう、どうしてあんなに程度の低い人をよこしたのかしら」

　奈緒は目を丸くして沢田の後ろ姿を振り返る。

　相手をしている主任と目が合い慌ててそらしたけれど、そんな言い方をしなくてもいいのにと少し嫌な気分になった。

奈緒が同席していた時には会話に問題はなかったし、医師やリハビリ担当者にも質問をして意欲的だと感じていただけに、沢田の言葉には同意しかねる。

しかし、まだここでは新人の奈緒は、何も言わずに黙ってやり過ごすことにした。


午後、休憩室で昼食を食べた後、スマホを確認してのんびりしていると、主任が弁当を手に入ってきた。

「あっ、お疲れさまです」

「三浦さんいたのね。よかった、ちょっと聞きたいことがあるの」

「はい？」

「沢田さんのカンファレンスの話を聞いていたでしょう？　あれは事実だと思う？」

「あ……」

気まずそうな表情になった奈緒に主任が申し訳なさそうに話を続ける。

「実はあの後、外線で施設から問い合わせがあったのよ」

「えっ、問い合わせですか？」

「そうなの。沢田さんの説明がわかりにくかったから、責任者に確認したいって言われてね」

できることなら面倒なことには巻き込まれたくないが、カンファレンスに奈緒も参加していたので、逃げるわけにはいかない。

「あの、私は沢田さんが施設の方と話をした時には同席していなかったのですが、施設の方は一体何を確認したいと言われたんですか？」

「それが、施設に戻った後で精神的な症状が出た場合、すぐに大学病院の外来は対応してくれるのか？　って心配していたらしいの」

「そうなんですか……私も、アドバイスをした後で必要なら主治医から精神科医へ紹介をしてもらい外来受診できることを説明したんですが、説明が足りなかったんですね……すみません」

「いいえ、違うのよ。どうも沢田さんは『施設が業務提携している別の医師に診てもらって向精神薬を出してもらってもいい』と言い切ったらしいの。それを聞いて、三浦さんや担当医の説明と違うということで施設の方が戸惑ってウチの責任者に確認をとりたかったという訳」

「そんな……」

担当医は患者を最後まで看取《みと》る気で、親身に対応するということは皆の共通認識だったはずなのに、どうしてそんな説明をしたのか？　奈緒は不可解で首を捻《ひね》る。

奈緒の話を聞いた主任は、他の同席者にも確認を取って対応すると話してくれた。

「せっかくの休み時間をごめんなさいね。もう沢田さんの話は終わり。あ、これ他言無用でお願いできる？」

「はい。承知しました」

主任が食事をしている間にスマートフォンを確認すると、名波からメッセージが届いているのに気がついた。

『今夜七時、病院の東にあるコンビニ隣のコーヒーショップで待っていてくれ』

事務的なメッセージだけど、午前中の名波を思い出して思わず笑みが漏れる。最近では仕事で心配事があっても、名波の存在が奈緒の癒しや元気の元になっている。

『はい。お待ちします』

そう返してスマホを仕舞《しま》う。昼食後は名波から言われていた五五〇号室の患者の元にすぐに向かい、訴えを傾聴したのだった。

医師のスケジュールは、患者や同僚の都合でコロッと変わる。だから、名波の誘いはいつも突然だ。

寮と病院の往復で移動手段は日勤の場合は徒歩なのだが、奈緒は毎日身だしなみに気をつけて出勤をすることにしている。

メイクはほとんどしていないが、バッグと靴は自分なりにきちんとしたものを身につけ、洋服は高価でも華美でもないけれどシンプルで品のある服装を心がけていた。

夕方、申し送りを終わらせて更衣室に向かうと看護師の沢田がいた。

「お疲れさまです」

挨拶をして着替えていると、沢田が奈緒に声をかけてくる。

「三浦さんって、毎日綺麗な服を着てきてすごいわねー。もしかして日勤が多いのをいいことに夜職とかしていない？」

「え？」

思いがけない言葉に奈緒は唖然とする。

夜職とは、キャバクラや風俗業のことを言っているのだろうか？　驚きすぎて言葉を失っていると、沢田が勢いづいて言葉を畳みかける。

「やだ、当たっちゃった？　だめよー、仮にも国立大学病院の看護師なんだから、そんな仕事をしたら即クビになっちゃうよ。あ、私は誰にも言わないけど」

「あの……私は副業なんてしていません。沢田さん、冗談にしてもひどいと思います……よ」

これでもやんわりと釘《くぎ》をさしたつもりだが、沢田の勢いは止まらない。奈緒の薄手のジャケットを勝手に触って手触りを確かめている。

「だって、寮に帰るだけの看護師がこんなオシャレをしているなんて変じゃない？　あ、もしかしてデート？　入職早々誰を捕まえたの？　やだぁ、もしかして安藤先生？」

奈緒の上から下までを険のある視線でジロジロと見て勝手な妄想を口にする。よりにもよって安藤が相手と言われてゾッとしたが、奈緒は穏やかな口調で反論した。

「洋服はファストファッションですし、バッグや靴もノーブランドです。それと私は安藤先生とデートなど絶対にしません。あの……失礼します」

「えっ、まだいいじゃん！　何よ、気取っちゃって感じ悪い」

奈緒はロッカー室から足早に出ていく。

もしかして沢田は、主任から今日のカンファレンスのことで何か言われたから自分に突っかかってくるのだろうか？　それとも、以前安藤から連絡が入った時に飲み会に呼んでほしいなどと絡んできたことがあったが、安藤との関係を本気で疑っているのだろうか？

（なんだか、面倒な人に目をつけられちゃったのかなぁ……）

ため息が出そうになるが、今夜は名波とのデートだ。時刻は午後七時を十分ほど過ぎている。

沢田のことは明日にでも主任に相談することにして、今は待ち合わせの店に急ぐことにした。

コーヒーショップにたどり着くと店には客がいっぱいで、名波はカウンター席でコーヒーを飲んでいた。

「先生、お待たせしました」

奈緒が声をかけると、顔を上げ笑顔を向けてくれる。

「遅くなってごめんなさい」

「いや、さっき来たところだった。息が荒いけど、走ってきたのか？」

「更衣室で手間取ってしまって……」

奈緒の表情で何かを感じたのか、すぐに手間取った理由を聞いてくる。

「何かあった？」

「いえ。同僚とちょっと……」

沢田の言葉を名波にそのまま言うのは憚《はばか》られた。言葉を濁すと、名波は奈緒をじっと見つめた後ドリンクカップを手に立ち上がる。

「じゃあ行こうか？　待っている間に懐石《かいせき》料理を予約できたんだ」

「わぁ……懐石ですか？　嬉しい」

奈緒の喜ぶ顔を見て、名波が口角を上げて手を差し伸べる。空のカップをダストボックスに入れて店を出る。

病院の近くで名波と手を繋いで歩くのは、誰かに見られるといけないと思ったのだが、辺りはかなり暗くなっているので問題ないだろう。

タクシーを拾い、二人は店に向かう。

名波が予約したのは、ラグジュアリーホテルの中にある料亭で、先付から始まり、釜炊きご飯が出てくる頃にはお腹がはち切れそうになっていた。

もう食べられないと思うのだが、最後に美しい練り切りが目の前に置かれると、なぜかするりとお腹に収まる。

「もう入らない。お腹いっぱい」

奈緒は名波と二人っきりの時には砕けた言葉使いができるようになってきた。まだ慣れてはいないのだけれど、奈緒が感情をストレートに表現すると、名波は嬉しそうに破顔するのだ。

今だって、お腹をさする奈緒を愛おしそうに見つめている。

「なあ、聞いていい？」

「はい」

「更衣室で手間取ったって、何かあったのか？」

名波がテーブルに頬杖《ほおづえ》をついて微笑んでいる。何を聞かれるのかと思ったら、やはり遅れた理由が気になっていたのだろう。

以前の職場で奈緒が大変な立場に置かれたことがあったので、奈緒に対して過保護すぎる所がある。更衣室での出来事を説明すれば、沢田の失礼な言動を名波に伝えることになるので少し迷ったのだが、奈緒は正直に話すことにした。

こんな話をしても、名波が沢田に対する態度を変えるとは思えないからだった。

「看護師の沢田さんに、服装のことでちょっと勘違いをされたんです。話が長くなったので、用があると言って逃げました」

そう伝えると、少しだけ名波の眉がピクッと動く。

「勘違いって？」

「その……私がいつもきちんとした服装を心がけているのを揶揄《からか》われて、副業でもしているのかって言われたので、キッパリと否定しました」

「副業？　言いがかりか……ちなみにどんな副業だと？」

名波はわりとしつこい。と言うか、事実を聞くまでは満足しない人なのだ。奈緒はこれ以上沢田を庇《かば》う義理もないので、両手を上げてギブアップをした。

「ごめんなさい、全部ちゃんと話します。一応確認をしますが、話を聞いても沢田さんに何か言うようなことはないですよね？」

「そんなことはしない」

「それじゃあ、言います。『日勤が多いのをいいことに夜職とかしていない？』って言われたんです。それと、『そんな仕事をしたら即クビになっちゃうよ』とも言われました。以前も、安藤先生から連絡があった時に『安藤先生を飲み会に誘ってくれ』ってしつこかったんですけど、私が今夜安藤先生とデートをするのかと勘違いをしていました。先生との待ち合わせに遅れるから、沢田さんの勘違いをきっちり否定して更衣室を出ていったんです」

「夜職もどうかと思うが……安藤と？　それはない！　勘違いにも程がある。そこは俺とデートだとはっきり言ってもよかったのに」

「えっ？　そんなことを言ったら明日には大変なことになります。私、仕事を失うかもしれない」

「どうして？　医師と付き合った看護師がクビになった話は聞いたことがないぞ。俺と付き合っていることは奈緒にとってはそんなにリスキーなのか？」

奈緒は名波の言葉にドキッとした。

名波と肌を合わせて二週間が過ぎた。こうして二人っきりで会うのはあの日以来だ。奈緒は名波から好きだと言われたけれど、交際をしているという自覚はなかった。

名波とずっと一緒にいたい。もしかして交際できればいいな……と夢想することはあったが、それは夢のようなものだと思っていたのだ。だから、名波の口から『俺と付き合っている』とはっきり言われて驚いたのだった。

「あの……私達は、やっぱり付き合っているってことでいいんですか？」

奈緒の言葉に、名波は不意を突かれて絶句している。奈緒の視線を避けて、名波はなぜか頭を抱えて俯く。

（先生、どうしちゃったの？　私の発言がそんなに嫌だったのかしら？　どうしよう……）

奈緒は慌てて自分の発言を撤回しようと口を開いた。

「先生、あの……ごめんなさい。私、そんなこと聞いちゃいけなかったんですよね？」

「いや。奈緒は全然悪くない。いけないのは俺」

「え？」

名波は俯いていた顔を上げた。

「奈緒と再会できて、この前はホテルで過ごせて幸せだった。だから俺は余裕をなくしていたんだと思う。ごめん」

「……先生？」

雲行きが怪しくなってきた。もしかしてこれから振られるのかと思い、怖くなってきた。奈緒は名波の言葉を祈るような思いで待った。

「奈緒……」

「は、はい」

「ちゃんと言葉にしないといけないよな。奈緒、今更だけど、俺の恋人になってください」

「……こいびと」

奈緒の頭の中には『こいびと』という聞きなれないフレーズがこだまする。

(こいびと？　私が名波先生の恋人になるの？)

まさか、沢田の意地悪な行為を報告した流れで、名波から正式に恋人になってくれと請われるなんて思ってもいなかった。

気がつくと奈緒は頷いていた。何度も頷いて名波の顔を見つめる。

「私、名波先生の恋人になりたいです」

「……ありがとう。あーっ、俺、こんなに焦ったのって生まれて二度目だ」

「二度目？」

奈緒の問いに、名波は申し訳なさそうな顔をする。

「二年前に奈緒がホテルから消えた時、あれほど焦ったことはなかった。かなりの遠距離になるけど付き合ってほしいと言おうと思っていたのに、忽然《こつぜん》とホテルから消えられて、あれは落ち込んだ」

「ごめんなさい……。私、自分のことしか見えていなくて、先生の気持ちを考えていなかったんです。行き先を告げようとも思ったんですけど、結局逃げてしまった……」

「いや、あの時、奈緒は俺どころじゃなかったから。それに、翌日病院で教授に教えられて、ひとまず安心したんだ」

「えっ、教授は何を先生に教えたんですか？」

「『三浦さんは最高の環境でのんびり看護師を続けるから心配はいらない。君はアメリカで仕事を全うしてくるんだよ』って……彼はそういう人なんだよ。俺は今いる場所を教えてくれって食らいついたんだけど、『君はアメリカで救急医療を学ぶという夢を実現するんだろう？二兎《にと》を追うものは……わかるよね？　それに、今追いかけたら彼女に嫌われるよ』って言われて撃沈」

「教授って……」

奈緒がクスクスと笑うと、名波は顔を顰めてぼやく。

「あの人を可愛いおじさんだと思ったら大間違いだ。あれは策士だ。俺なんて、帰国後すぐに大学の講師をやれって言われて断るのに苦労した」

「講師はやらないんですか？」

大学病院の講師になって教授に仕えていれば、名波はもっと出世をするだろうと奈緒は考えたのだが、名波は出世には興味はないのだろうか？

「日本に帰ってきたばかりなんだから、今年は実務に集中したいと言って断った。来年の春からは教授の望み通りに講師をする予定だ」

「そうなんですね。来年からますます忙しくなりますね」

「そうだな。それより奈緒、沢田さんに限らず異性関係で誰かに妙なことを言われたら、俺と付き合っているとはっきりと言ってくれ。よりによって安藤と何かあるなんて勘繰られるのだけは嫌だ」

「先生……」

「改心した安藤を奈緒が許したとしても、俺は許していない」

名波の表情を見て、本気で安藤を嫌っているのだと奈緒は理解した。

あの事件で奈緒が傷ついたことを間近で見ていたからこその想いなのだろう。名波の気持ちが奈緒は嬉しかった。

「はい。先生、ありがとうございます」

心から礼を言うと、名波が困ったような表情を浮かべる。

「なあ、そろそろ『先生』じゃなくて名前で呼んでくれないか？　俺の名前が涼一《りょういち》っていうのは知っている？」

「知っています」

「じゃあ呼んでくれよ。俺は最初から『奈緒』って呼んでいるのに、俺だけが好きみたいじゃないか？」

その言葉を聞いて奈緒は驚いた。もしかして名波は拗ねているのかもしれない？　名波の意外な『可愛さ』に奈緒の胸に愛おしさがこみあげてくる。

望み通り、下の名前で名波に呼びかける。

「あの……涼一さん？」

「はい。奈緒、そろそろ出ようか？」


これからホテルに向かうのかと思っていた。奈緒はまた名波と繋がりたいと願っていて、食事をしているときも内心では期待していたのだ。

箸を持つ彼の長い指、上質なコットンニットを捲《まく》り上げて垣間見える前腕、低い含み笑い、名波の全てが奈緒の官能を刺激する。

そんなことを考えているなんておくびにも見せないけれど、奈緒にだって性欲はある。

会計を済ませた名波とタクシーを待っている間、奈緒は財布を出して支払いをすると言ったのだが、即座に却下された。

前回はホテルで一泊して朝食まで頂いた。その会計も名波はスマートに済ませていて、さすがにいつも支払ってもらうのは甘え過ぎだと思ったのだ。

「先生、たまには私にも支払わせてください。お付き合いを続けるのなら私の願いも聞いてほしいです」

強く言うと、名波が眉尻を下げて困った顔になる。

「……じゃあ、次回のデートでは奈緒に出してもらう。それで許してくれる？」

今日の食事代は自分が出すつもりでいたのだが、許してくれと言われて仕方なく財布をバッグにしまう。

「次回は絶対ですよ」

「うん、絶対に奢ってもらうよ」

気を取り直して奈緒が笑顔を向けると、名波が手をギュッと握ってくる。背を屈めて奈緒の耳元でこれからの予定を告げた。

「なあ、これから俺のマンションに来ないか？」

奈緒は名波を見上げて小さく頷く。

「行きたいです」

そう答えると、なんとも嬉しそうな顔をするので、こちらの方が照れてしまう。仕事中はソフトな印象を崩さず誰にでも穏やかに接するが、こんな顔を人に向けることは少ない。

自分にだけに素の表情を見せてくれることが嬉しくて、奈緒の胸が熱くなってくる。

（こんな幸せ……夢みたい）

名波の住むマンションは病院からそれほど離れていない場所にあった。

部屋に入り靴を脱ぐと、すぐに両腕を取られ唇が塞がれる。

固い身体が押し付けられ、名波の膝がスカートを割って脚の間に入り込む。背中に玄関ドアが当たり奈緒は身動きが取れない。

角度を変えて押しつけられる唇を、ゆっくりと味わうまもなく舌が奥まで押し込まれ、自らの舌を差し出すと強く吸われ息を奪われる。

荒々しいキスを受けながら強く抱きしめられて、次第に体の力が抜けていった。

「ん……んふぅ……」

甘い吐息が奈緒の唇の隙間から漏れる。力の抜けた奈緒の身体がへたり込みそうになって、名波がキスを止めた。

「涼一さん、ベッドに……」

ベッドで抱いてほしい。そう言うつもりだったのに、名波は屈むと奈緒を難なく抱き上げて寝室へ向かう。少し開いていたドアを膝で押し、寝室に入った。

優しくベッドに下ろされ、奈緒は手をついて上半身を起こす。

部屋の中は間接照明がふんわりと灯《とも》り、カーテンが少しだけ開いた窓からは玄関ポーチの灯りが漏れている。

名波がカーテンを閉めると、部屋の中が密室状態になったような気がした。一面の壁が暗いグリーンに塗られ、まるで深い森の中のよう。

ベッドに腰をかけた名波が衣類を脱ぐ気配を感じ、奈緒もジャケットとトップスを脱ぎベッドヘッドにかける。スカートのホックを外しファスナーを下ろして脱ぎ去ると、これから抱かれる期待で脚の間が甘く疼く。

「奈緒」

ベッドが軋《きし》み、名波の気配をすぐ近くに感じる。

剥《む》き出しの肩に手が置かれるとすぐに唇が重なり、そのままベッドに頭が着地する。のしかかる名波の重みで奈緒は釘付《くぎづ》けにされたよう。

脇の下から腰までを柔らかいタッチで撫でられ、その気持ちよさに喉が鳴りそうだ。

首筋から肩に落とされたキスは乳房へと向かい、大きな手のひらで歪む乳房の先端が熱い唇に捉えられる。

じゅ……っと音を立てて吸い上げられて、思わず声が漏れた。

「あぁッ！」

乳首が舌でねっとりと嬲られ甘噛みをされると、ジ……ンと愉悦が込み上げて脚の間が濡れてくる。奈緒は身を捩じらせて熱い吐息を漏らす。

「あん……っ、んっ、んっ、んんッ！」

普段は薄いピンク色の乳首は唾液で滑り、小さな果実のように赤くぷっくりと膨れていく。時折指で弾かれて、愉悦にビクッと身体が震える。滑った両方の先端が指で捏ねられて、痛みとは違う快感に奈緒の口から嬌声《きようせい》が漏れた。

「あっ、や……ん」

名波が腰を揺らせると、硬く張り詰めた滾《たぎ》りが押し付けられ、その甘い刺激で奈緒の秘所がじわじわと潤んでいく。

身を屈めた名波の舌で鼠蹊部から足の付け根までをなぞられると、奈緒の体の奥が期待で甘く戦慄《わなな》いた。

「あ……っ」

名波の指が茂みから蜜口へ、そしてクプン……と中に入ってくる。とば口を掻《か》き交ぜられ、愛液で滑る指で花弁の奥の尖りを擦られて、思わず高い声で喘ぐ。

「あぁっ、あ……っ、あ、や……ぁ」

クチュクチュと卑猥《ひわい》な音が寝室に響き、尖りはぷっくりと真っ赤な顔を出す。それを指で弾かれるとビクビクと腰が震え背がしなる。

「やぁ……っ、刺激がっ……」

「痛いか?」

耳元で囁かれて、首をすくめながら奈緒は返事をする。

「痛くはない……っけど、あぁッ！」

返事をしている最中に、爪で弾かれて愉悦に腰が震える。ますます執拗に弄られて、奈緒は快感の波に呑まれそうだ。

「あっ、あっ、あぁッ」

「奈緒……イク？」

「……っ、あっ、あっ、あっ、や、あ、ひぃ……！」

痛みとも快感とも判断のつかない強い刺激を与えられて、結局指だけでイカされてしまった。

奈緒は涙目になりながら名波を見上げる。

「……刺激が強すぎるからダメって言いたかったのに、涼一さんったら待ってくれないから」

「ごめんごめん。奈緒が可愛すぎていじめてしまった。俺に嗜虐《しぎゃく》趣味はないはずなのに、奈緒が可愛いのがいけないんだ」

「……そんなの嘘です」

拗ねる奈緒の唇を塞ぎ、素早く舌を絡ませる。

奈緒の口腔を好き勝手に探りながら快感を与えてくれる。敏感になりすぎた尖りを指が掠め蜜口に入ってくると、中壁を擦り隘路を広げていく。

感じやすいお腹側を強く抉られ、奈緒は身体を震わせて喘いだ。

その刺激に中襞が蠢き愛液が恥ずかしいほどに溢《あふ》れ出《だ》す。指が動くたびにクチュクチュと音を立てて秘所から溢れる愛液はシーツをしとどに濡らせていく。奈緒は唇を塞がれながら、甘い吐息を漏らした。

「ふ、ぅふ……っ、んんっ、ふぁ……」

中を指で執拗に穿たれて、中襞が戦慄き指を締め付けているのが感じられる。込み上げてくる愉悦に唇を震わせながら名波の腕に捕まって喘ぐ。

「あぁっ、あぁ……っ、あ、や、ねぇ……っ、ほしい……の」

指でイカされるよりも名波の体の重みを感じながら中を突いてほしい。奈緒は目尻に涙を浮かべながら懇願する。

「奈緒、何がほしい……？」

わかっているくせに聞く。今日の名波は、じっくりねっとりと意地悪だ。

「……」

口で言えなくて、奈緒は名波の下半身に手を伸ばす。深い茂みに指を這わせ、脚の付け根にそっと触れる。

「涼一さんの……を挿《い》れて……っ。ぎゅっとしてほしいの」

「奈緒っ」

望み通りギューッと抱きしめられて、奈緒は固い胸に顔を埋める。

押し付けられる腰の感触で、屹立がさらに猛々《たけだけ》しく滾ってくるのがわかって、自身の膣中も甘く潤んでくる。

名波が避妊具をつけている間、奈緒は横たわって待っていた。振り返った名波が奈緒を見て笑顔を見せる。

「奈緒、舌なめずりする猫みたいだ。可愛い」

「そんな……」

ゴムをつけた屹立は直立してブルブルと震えている。奈緒はそれを息を呑んで見つめていた。

名波は横たわる奈緒の両膝を開かせると、屹立に手を添えて蜜口に押し当てゆっくりと擦る。

「あぁっ……」

花弁が捩れ奥の尖りが擦られて愉悦に腰が震える。

蜜口がこれ以上無理なくらい大きく広げられ、愛液をたっぷりと纏った屹立が花弁を押し分けながら入ってくる。

ミシミシと音がしそうなほどの大きさを受け入れながら、奈緒はすでに内臓が押し上げられるような充満感に呻《うめ》いた。

「うぅ……」

「奈緒、大丈夫か？」

「大丈夫、多分。なんだか、この前よりも大きくて……」

奈緒の言葉に名波は甘く笑いながら腰を押し当ててくる。何度も交わっているのにまだ慣れない奈緒が愛おしいのだ。

「悪いが我慢してくれ。どうしても無理ならやめるから」

「う……っ、続けてください……」

「奈緒は可愛い。可愛くてたまらないよ」

そう呟くと、名波は大きな手で乳房を掴む。先端が摘まれジ……ンと愉悦が走る。

「……っ、涼一さん……ッ、あぁ……」

胸を弄られたせいで、内壁が蠢き剛直を締め付けるものだから、名波が快感に綺麗な顔を歪ませて喘ぐ。

「う……っ、奈緒っ」

腰が引かれ昂りが一気に奥に沈められると、奈緒が唇を噛《か》み締《し》めて背中をしならせる。腰を揺らせ中壁が抉るように突かれると真っ白い双丘が誘うように揺れる。

赤く滑る果実の片方が口に含まれ吸われ、奈緒が甘く喘いだ。

「あっ、あぁ……っ、ぁふ……っ」

膣中が締め付けるたびに、ますます昂りは大きくなっていき圧迫感は増すのだけれど、トロトロに潤った愛液のおかげでスムーズに抽送され、ときおり奈緒の奥深くまで穿たれる。

子宮口にまで剛直が届き、さらに深く沈められて奈緒の目の前が白く光った。

「んぁ……ッ！　やぁ……涼一さ……」

鈍い痛みに似た快感に中壁が痙攣し剛直を強く締め付ける。奈緒は一気に達して、内腿がピクピクッと震える。

「……っ！　奈緒」

同時に達した名波が最後にもう一度最奥を突くと、奈緒は目を見開いて身体を震わせる。

「あぁっ……もう……っ、ぃやぁ……」

奈緒の言葉とは裏腹に、中襞が痙攣して貪欲に剛直に絡みつき、名波が快感のあまりにブルッと身体を震わせる。

しばらくして、二人は身体を離し、ベッドに深く沈み込んだ。名波に抱きしめられて、奈緒はこのまま眠りにつきたいと切に願う。でも、明日も仕事がある。

奈緒の気持ちがわかったのか、名波がとろんとした目を開き囁いた。

「目覚ましをかけておくから、明日の朝早くにタクシーで寮に帰ればいい。今夜は俺のベッドで……」

最後まで名波の言葉を聞くことはできず、奈緒は深く充足して眠りに落ちていったのだった。

名波との幸せな夜を過ごした翌日、奈緒はいつものように病棟の仕事に励んでいた。沢田とは一緒の勤務になることが多く、残念ながら今日も同じ日勤だ。

昨日あれだけ絡んだ割には何も言ってこないので、奈緒は用心しながら患者のケアをしていた。

一息ついた頃、沢田が昼の休憩に入ったが、奈緒は主任に声をかけられて談話室に向かった。

席に着くとすぐに話が始まる。

「早速だけど、昨日の沢田さんの件、ケースワーカーやリハビリ担当者にも聞き取りをして三浦さんの説明が正しかったことがわかったわ。それで、今日の午前中に沢田さんと話をしたんだけど……」

主任の仕事の速さに驚いたが、患者が説明を待っているから急いでいるのだろう。奈緒は沢田が何と言ったのかが気になって、主任の話を身を乗り出して聞いていた。

「沢田さんに、どうして医師の考えとは異なる説明をしたのかを聞いたのよ。そうしたら、三浦さんがそんな説明をしたから合わせたって答えたわ」

「……えっ？」

「驚くよねぇ。私も他の参加者に聞き取りをしていなかったら、三浦さんを疑う気持ちが湧いていたかもしれないわ。結局、沢田さんには認識の誤りを指摘して、施設の方には改めて謝罪と説明をしました。もちろん沢田さんには注意したわ。それで三浦さんに聞きたいのだけど、もしかして彼女と何かトラブルになってない？　沢田さんは三浦さんの仕事の態度について私に苦情を訴えていたことがあったの。もし何かがあるのなら、正直に話してくれないかしら？」

どうしてこんなことになるのだろうか？　今度こそこの病院で平穏に仕事をしていきたいと

思っていたのに……。

　奈緒は悲しくなって鼻の奥がツンとしてくるのを感じた。

（泣いちゃいけない。こんなことくらいで）

　奈緒は気持ちを切り替えて、主任に向き直った。

「トラブルというほどのことではないのですが……以前小児科の安藤先生から私に内線が入ったことがあり、その時沢田さんから安藤先生を飲み会に誘ってほしいと請われて、それほど親しくないのでお断りしたんです。その後は何もなかったのですが、昨日仕事が終わって更衣室で私の服装についてその……きちんとした服装をしているのを揶揄されるというか……」

　これ以上話すと、まるで主任に言いつけたように思われると躊躇した。すると主任が思いがけないことを言う。

「三浦さんの勤務形態を特別扱いだと噂する看護師の中に沢田さんがいるのは知っているの。沢田さんが真面目な三浦さんを目の敵《かたき》にしているのが不思議だったから理由を知りたかったの。そうか、安藤先生かぁ……」

「それが原因かどうかはわからないのですが……」

「わかったわ、ありがとう。そろそろ仕事に戻ろうか」

「ご迷惑をおかけして申し訳ありません」

「いやだ、それが私の仕事なのよ。何かあれば一人で悩まずに絶対に相談してね」

「はい、ありがとうございます」

談話室を出て奈緒はナースステーションに戻った。看護記録を入力していると、休憩が終わった沢田が戻ってきたので、奈緒は申し送りをして休憩に入った。

今日は弁当を作れなかったので、売店で買い物をしていると偶然名波に会う。奈緒は嬉しさに頬を紅潮させながら挨拶をした。

「お疲れさまです」

「お疲れ。弁当、何を買った？」

普通に話しかけてくるからちょっと照れるが、奈緒はなるべく冷静に会話を交わそうとした。

「シャケ弁当です。あとはヨーグルト」

「シャケかぁ。もっとボリュームのあるものがいいな」

「あ、ひれかつ弁当がありましたよ。ちょっとお高いですけど」

「どこ？」

場所を聞かれて弁当コーナーまで案内する。保冷の棚の奥に残った弁当を指すと名波は手に取りニンマリした。

「これで午後からも頑張れるわ。あ、弁当のおかげだけじゃないよ」

誰かに聞かれても意味がわからないと思うが、奈緒は名波の言葉と笑顔にドギマギしていた。

「はい。頑張ってください」

それだけを言ってレジに二人で並ぶ。

名波のスクラブから伸びた腕や首筋にちらっと視線を向けると、昨夜のことを思い出して奈緒の心臓は爆発しそうになっているが、名波の態度は普段と変わりない。

経験値の差なのか、何だか悔しい。

買い物をして奈緒は病棟の休憩室へ、名波は医局へと別れる。

「じゃあな、頑張れよ」

そう言われて頭を下げた。頑張れよ。その一言だけで、今日の嫌なことが吹っ飛んだ。奈緒は足取りも軽く病棟に向かったのだった。

午後から患者のケアに回っていると、中学生の男子の病室になぜか安藤がいてギョッとして足が止まる。

「安藤先生……どうされたんですか？」

「あ、お疲れさまです。山根《やまね》君は僕が小児外科の時から診ていた患者さんなんです。明日手術だとお母さんから聞いて会いにきました」

「そうだったんですか。あの、すみません、患者さんに聞き取りだけしてもいいですか？」

「どうぞ、どうぞ」

奈緒が食事の量などを聞き取りしている間、安藤は窓の外を眺めていた。時折患者に話しかけては笑顔を引き出している。

奈緒は安藤が小児外科だった昔を思い出して複雑な気分だったが、もう気にしないようにしようと努めていた。

安藤自身も苦しんで過去を忘れようとしているのだろうから、奈緒がいつまでもこだわって被害者ヅラするのはもよくない。

聞き取りとケアを終えて奈緒は部屋を出ていく。他の患者の部屋に立ち寄りながら病棟をまわっていると、廊下を歩く安藤とまた会ってしまった。

他の医師ならなんとも思わないのだが、安藤が相手だとやはり身構える。

「あ……」

「よく会うね。三浦さん病棟にも慣れて、すでにバリバリだね」

「おかげさまで、何とかやっています」

「そうか、よかった。もし、何か困ったことがあれば力になるから連絡してね」

「は、はい。ありがとうございます」

「じゃあ」

軽く手を振って安藤は病棟を出ていく。

今でも安藤と話をすると緊張して体が強張《こわば》るのを制御できない。正直に言えば、病棟から出ていってくれてホッとした。

ケア用のカートを押してナースステーションに戻ると、沢田が他の看護師とおしゃべりをしていた。毎日目が回るほど忙しいのに、おしゃべりする暇があるのかと驚いたのだが、奈緒が部屋に入ると話がピタッと止《や》んだ。

二人は黙ったままで奈緒の動きを見ているので、仕事がやりにくい。

良くない雰囲気の中で息が詰まりそうだが、仕事があるので気にしていられない。そのまま看護記録の続きを入力する。

五時が近づくと、夜勤の看護師がやってきて申し送りが始まった。香がやってきて場が賑やかになる。明るい香はすっかりこの病棟に馴染《なじ》みきっている。

奈緒も慣れてきたつもりだが、沢田のような人に目を付けられると明るく笑い飛ばす気力もなくなりそうだ。

申し送りを終え六時前にナースステーションを出る。廊下でカートを押しながら患者とおしゃべりしている香に手を振って更衣室に向かった。

「奈緒！」

香がカートを廊下に置いたまま、慌てて奈緒を追いかけてきた。

「ちょっと、明日休みだったよね？　ランチしようよ。話があるんだ」

「あ、うん。時間とかメッセージくれる？」

奈緒が簡単に了解すると香がホッとした表情になり、置き去りにしたカートに戻っていく。

「奈緒、お疲れ！」

「お疲れ」

そういえば、安藤と話をしたことは香に報告しているけど、名波とのことは話せていない。

明日、様子を見て報告をしようと奈緒は思った。

(香とのランチ、久しぶりだな。楽しみ)

気が滅入《めい》ることが多かったので、香の誘いは奈緒には救いとなった。


翌日。香との待ち合わせの時間の前に買い物をすることにして、好きなセレクトショップとランジェリーショップに立ち寄った。

セレクトショップでは初夏に丁度いいブラウスを買い、ランジェリーショップではブラとショーツのセットを購入した。きちんと計測してもらい、好きな色の素敵なランジェリーを買ったので気分が上がる。

選んでいる時に、名波の顔を思い浮かべ一人で赤面していた。香にどこまで話そうか悩んでいたのだが、やっぱり最初から聞いてもらいたいと考えていた。

待ち合わせの場所に着くとすぐに香がやってきた。奈緒は手を振って駆け寄る。

「香！」

「お待たせ！　さー行こうか。私パスタが食べたいんだよね、奈緒は？」

「パスタ！　いいね」

二人っきりで食事をするのは島に香が来てくれて以来なので、二人ともはしゃいでいた。店に入ってパスタを注文すると、香は一転して真面目顔で話を始めた。

「奈緒さあ、沢田さんに絡まれてない？」

いきなりの直球に奈緒はのけぞる。主任が知っていたくらいだから、香も気づいていたのだろうか？　奈緒は頷いて口を開いた。

「絡まれているし、私のことを悪く言っていると聞いた。香はどうして知っているの？」

「それがさぁ、沢田さんに直接聞かれたんだ。安藤先生と奈緒が付き合っているのかって」

「……えぇっ？」

奈緒が驚愕すると、香も苦笑している。

「見当違いもいいとこだよね。『ないと思うよー』って軽く答えたら、奈緒の悪口を私に言い出してびっくりした。私にだよ？　なんかさぁ、沢田さんって仕事の場面でも認識がずれている時が多いんだよね」

奈緒と香が同じ病院の出身で、仲が良いことは病棟の看護師達には周知されている。その香が奈緒の個人的なことを人に話すはずがないし、悪口を喜ぶわけがないのに。

奈緒には沢田の心理が理解できないし、安藤がらみで奈緒を攻撃するのも迷惑だから止めてほしい所だ。

「沢田さん、色々と怖すぎる」

「だよね。あ、それでね、奈緒の悪口なんだけど聞く？」

「え、どうかなぁ……私が夜職をしているっていう妄想は本人から聞かされて即行で否定したけど、何だか聞きたくないかも」

「夜職？　なんじゃそれ」

香が呆れて吹き出したので、奈緒も思わず笑顔になる。

「じゃあ悪口は言わないでおくね。奈緒、くれぐれも彼女には気をつけてよ。二人っきりにならないとか、主任や師長にも相談しておいた方がいいと思う」

「わかった。香、色々とありがとう」


結局、名波とのことを香に伝えるタイミングを失い、それから数日は、何事もなく日々が過ぎていた。

たまに日勤で一緒になる沢田の敵対的な視線が気になったが、なるべく気にしないようにして仕事に没頭していた。

そんなある日の午後、山根さんの病室に食事を持参して話し相手をしていると、安藤がいきなり部屋に入ってきた。

小児科はこの病棟ではないし、一般的に関係のない病棟にやって来る医師は他にはいない。和解したとはいえ、安藤は今も奈緒にとっては会いたくない人物だ。奈緒は感情を抑えながら挨拶をする。

「……安藤先生、お疲れさまです」

「お疲れさま。山根君、ようやく退院だね。調子はどう？」

「先生！」

山根さんは中学生だが、消化器の難病のせいで痩せて体重も少ない。安藤の顔を見ると痩《こ》けた頬を緩ませて無邪気な笑みを浮かべる。

子供の頃から治療を担当してくれた医師だから気持ちも通じ合うのだろう。患者の表情を見て、奈緒は安藤を疎ましく思ったことを少しだけ反省した。

彼らの様子を見ていると、安藤が患者思いの優しいドクターそのものに見えるのだが……。

それでも、安藤の山根さんに対する特別扱いとも思える手厚い態度に、奈緒は少しだけ違和感を覚えた。

違和感の理由は、はっきりと言葉にできないものだ。

あえて言うなら……小児科には他にも難病患者が沢山いるし、入院数も多いと聞く。小児外科を辞め小児科に転向したばかりの安藤に、外科病棟に立ち寄る余裕も暇もないはずだ。

もっと必死に自分の病棟に詰めていないと、仕事が回らないのではないかと単純に危惧したのだった。

山根さんは大学病院を退院後、日常生活に復帰ができるように地元の診療所に転院する予定で、おそらく今回の退院で安藤との縁は切れるはずだ。

二人が会話を続けるので、奈緒はカートを押して病室を出ていった。もう一人の担当患者の病室に入りケアを終えてナースステーションに向かう。

最近、気疲れが多く肩がガチガチに凝っている。奈緒は首を左右に動かしながらカートを押していた。すると、背後から声がかけられる。

「病室でドクターとデートだなんて、さすが三浦さんね」

振り返ると沢田がニヤニヤと笑っている。冗談めかした口調だが、そんな趣味の悪い冗談を奈緒は無視できない。

「デートなんてしていませんよ」

「だって、少し前に山根さんの病室に安藤先生と一緒にいたじゃない。隠れてコソコソと何をしてんだか、悪い噂もいろんな所から流れてくるし……三浦さんって、本当は大学病院に就職できるような人じゃないくせに」

あまりにひどい言いがかりに奈緒も呆れてしまった。一度クギを刺した方がいいのだろうが、今は忙しいのでひとまず離れたい。

「沢田さん、人聞きの悪いことを言わないでください。私、急ぎますので失礼します」

まだ言い足りない様子の沢田を置き去りに廊下を進む。

ナースステーションでは、安藤医師が主任と話をしていた。

自分らしくないと思いながらも奈緒は、安藤がウロウロするから沢田を刺激するのだと感じ、早く自分の病棟に帰ってほしいと願ってしまう。

（私ったら、ダメだな。もっと心を落ち着かせないと……）

イラつく自分を叱りつつ、奈緒は電子カルテを開いて記録を始める。

それにしても、沢田の言葉が気になる。悪い噂とは、もしかして二年前の医療事故のことだろうか？　沢田の悪意に満ちた行動や言葉は、そろそろ無視できないレベルになって奈緒を悩ませていた。

安藤がいなければ今すぐ主任に相談したいところだが……奈緒は気持ちを落ち着かせて仕事を継続する。パソコンに入力をしていると、安藤が気安く奈緒に話しかけてくる。

「三浦さん、山根君の転院先に僕も紹介状を書くので、ご両親に託してもらえますか？」

「承知しました。ありがとうございます」

消化器外科医と小児外科医に紹介状を依頼しているので、以前の主治医である小児科医の安藤の紹介状に必要性はない。

しかし、いらないとは口が裂けても言えないので、安藤の気の済むようにしてもらうことにした。

「じゃあ、書いたらメールします」

「はい。お願いします」

安藤が出て行こうとすると、沢田がナースステーションに入ってきた。

安藤を見てパアッと顔が輝く。その表情は恋する女性のものというよりも、邪《よこしま》な感情が見え隠れしているように奈緒には思えた。

「あっ、安藤先生お疲れさまですぅ。聞いてくださいよー三浦さんって酷いんですよぉ」

「……えっ？」

沢田の言葉に、安藤が驚いて足を止める。

安藤とは元々接触の少ない沢田がいきなり親しげに話しかけたので、ナースステーションにいた数人の看護師と主任も目をパチクリして沢田を凝視した。

奈緒も自分の名が出たので、ギョッとして沢田を見つめる。

「えっと、君は……？」

安藤が明らかに当惑気味に沢田に名を尋ねている。

「やだー。この前メールで飲み会にお誘いした沢田です。お返事を頂いていませんけど、またお誘いしますね。それより聞いてくださいよー。三浦さんって、前の病院を医療事故で追い出されたくせに、ウチでは随分と偉そうなんですよぉ。安藤先生も同じ病院だったから、三浦さんの噂はご存知《ぞんじ》だったんでしょう？」

沢田はなぜあの出来事を知っているのだろうか？　一瞬、奈緒の脳裏に恐怖が蘇り、手が小刻みに震えてくる。

しかも、医療事故の本当の当事者は安藤だ。知らないとは言え、安藤本人に過去を蒸し返すような話をするなんて……。

一瞬で青ざめた奈緒を見て、沢田は顎を突き出してせせら笑う。

「ふふっ……やっぱり本当だったのね。認定看護師だからって偉そうにしているけど、この話が師長や看護部長に知れたらクビになるわよ。ねえ安藤先生もそう思われますよね？」

沢田の爆弾発言に、部屋にいた全員が固まった。静かな室内で、安藤が強張った顔で沢田を叱咤《しった》し始めた。

「君っ、何も知らないくせに、いい加減なことを言うんじゃない！」

「えっ？」

安藤の厳しい口調に沢田が狼狽えて立《た》ち竦《すく》む。そこに主任が割って入った。

「沢田さん、ちょっと相談室に行きましょう。三浦さんもいい？　安藤先生も宜《よろ》しければ同行お願いできますか？」

奈緒は主任の言葉を受けて、入力中の文章を保存し電子カルテをログアウトした。

「はいっ」

「もちろん、僕も行きます」

談話室に四人で向かいながら、主任は師長に連絡をしている。

とうとうこの時が来てしまった……。奈緒はガックリと肩を落としながら主任の後を追う。チラッと沢田に視線を向けると、大事になってしまったことに少し狼狽えながらも、まだ事態を軽く見ているようで表情には余裕が見られる。

相談室に入り席に着くと、主任が沢田に噂の出所を尋ねる。

「沢田さん、さっきの話はどこで聞いたの？　大切なことなので、教えてくれる？」

その言葉を聞いて、利を得たと感じたのか沢田は嬉しそうに説明を始める。

「病院の評価をするネットの掲示板があるんですけど、そこで見つけたんです。伏せ字だったんですけど、三浦さんが以前いた病院のコーナーに、『認定看護師のMが投薬ミスで追い出されたいい気味』って書いてあって、私の知り合いがその病院にいたので確かめたら、『三浦さんが医療ミスで追い出されたけどその後も大変だった』って言っていました。主任、そんな人をウチの病院が雇ってもいいんですか？」

沢田の説明を聞いていた主任が無言で頭を抱える。顔を上げると、沢田にまた尋ねた。

「その話を他でもした？　誰かに話した？」

「いいえ。昨日聞いたので他には誰にも……」

「そう。……あのね沢田さん、その掲示板や知り合いの人の言うことは全部デマなのよ。先ほどあなたのしたことは、三浦さんに対するハラスメントなの。わかる？」

「えっ……？　だって、ネットに書いてたし、知り合いも……彼女は事務ですけど、三浦さんの医療ミスって言い切っていましたよ」

主任はため息を吐いてまた頭を抱える。

沢田はネットや部外者の言葉を安易に信じて、奈緒を攻撃しようとしたのか？　しかも、実際に医療ミスを犯した安藤を巻き込むなんて……趣味の悪い冗談みたいだ。

奈緒と主任が言葉を失っていると、安藤が口を開いた。

「僕が医療事故の説明をしますよ」

「先生、それは……」

主任が安藤を止めようとする。

沢田の詮索欲を満たすために安藤が説明をする必要はないし、余計に事が面倒になると思い、奈緒も安藤の発言を止めようとした。

「安藤先生、説明しなくてもいいと思います。あくまでもいち看護職員の軽率な行動なので、先生を煩わせるほどのことではないのでは？」

「何よその言い方！　偉そうなこと言わないでよ！」

喚《わめ》く沢田を安藤が怖いくらいの視線で睨《にら》みつけて怒鳴った。

「君は黙っていろ！」

その剣幕《けんまく》に、沢田は身をすくませ口をつぐみ、奈緒もヒヤッとした。

安藤は沢田を一喝して黙らせた後、奈緒に視線をむけ、引き攣った笑顔を見せる。

「僕は三浦さんが疑われているのが我慢できないんだ」

そう言われても困る。安藤に助けてもらう義理はないし、今更どの口が言うのかと奈緒は内心では呆れていた。

とにかく、安藤に落ちついてほしくて、宥《なだ》める言葉を探しながら発言をした。

「あの……ネットや部外者の言うことを気にしていては仕事ができないので……」

奈緒が話している最中に師長が部屋に入ってきた。

開口一番安藤に詫《わ》びをいれ、その後冷静な声を上げる。

「主任、経緯を説明してくれる？」

主任が説明している間、奈緒はいつも携帯しているメモ帳に安藤へのメッセージを書いた。

これ以上安藤を動揺させると何をするかわからないと判断したためだ。

『師長と主任は二年前のことを知っていますので安心してください』

それを読んだ安藤の表情が凪《な》いだものに変わった。

主任の説明の後、師長と沢田だけが談話室に残り、奈緒達は解放された。安藤が病棟を後にすると、主任が廊下を歩きながら奈緒に話しかける。

「就職して間もないのに、災難だったわね。実は三浦さんの入職前から色々あって沢田さんの行動には目を光らせていたんだけど、まさか当事者の安藤先生にあんなことを言うなんて……久々に驚愕したわ」

「私もびっくりしました」

沢田の行動には以前から問題があったと聞かされて、少しだけ奈緒は安堵していた。沢田は自分にだけひどい態度をとるのかと気に病んでいたからだ。

「主任、ご迷惑をおかけしました」

「何言ってるの？　三浦さんは被害者よ。頭を下げないといけないのは沢田さんを管理できなかった私。嫌な思いをさせてごめんなさい」

「そんな……」

主任の危機管理能力の高さに奈緒は頭が下がる思いだった。

そして、少しだけ過去に思いを馳《は》せてやるせない気持ちになった。

あの事件の後、奈緒は幸運にも教授に助けられたが、もし主任や師長のように素晴らしい直属の上司がいたら結果は違っていたかもしれないと思ったのだ。

第六章　嫉妬

ナースステーションでの騒動の後、沢田は大人しく仕事をしていたが、看護師達は誰一人彼女に親しげに話しかけることはなかった。

奈緒もできるだけ避けていたのだが、一緒の勤務になることが多いので、ある日更衣室で沢田と二人っきりになってしまった。

嫌な予感がしたが、これぱっかりは仕方がない。奈緒は急いで着替えをしてロッカーを閉じて鍵を閉める。

「ちょっと！」

背後から沢田に呼ばれて振り返った。

沢田は仁王立ちで腕を組んで奈緒を睨んでいる。テレビでよく見るガキ大将のテンプレみたいな様子に、なぜか奈緒は可笑しくなってきた。

奈緒の余裕のある態度にかなりイラついているようで、沢田の顔が怒りで赤くなる。

「あんた、やっぱり安藤先生と付き合ってんじゃん！　あんなに庇われて、この……」

その後の言葉が出てこないようだ。奈緒は以前と同じように、安藤との交際をキッパリと否定する。

「安藤先生とは付き合っていません」

「嘘っ！」

「嘘じゃありません。私には以前から交際している人がいます」

「えっ？」

こうでも言わないと沢田の妄想が終わらないので、奈緒は交際している男性が以前からいると発言した。それにしても、あの安藤のどこが良いのかと不思議に思う。

「あの……沢田さん」

「何よっ！」

「そんなに安藤先生が気になっているのなら、ご本人に素直に気持ちを伝えたらいかがですか？　何度も話しているように私は無関係なので、勝手に頑張ってください」

奈緒の発言に沢田は驚いて言葉が出てこないようだ。

「なっ……」

「では、失礼します」

更衣室を出ようとすると、沢田が息を吹き返して声を張り上げた。

「じゃ、じゃあ、あんたの彼氏は誰なのよ！」

「教えたくありません」

奈緒はドアを閉めて更衣室を後にした。中から怒鳴り声が聞こえた気がしたが、相手にしていられない。

数日後、急に沢田が異動になった。看護部長室勤務となったのだ。仕事内容は看護部長の秘書的役割だそうで、事務仕事が中心となるらしい。

看護師不足の昨今では珍しい人事だが、今回の騒動だけが原因ではなく患者や他の病院スタッフ、そして若手の医師の苦情が集まっていたためだった。

外来はもとより、どの病棟にも引き取り手がなく、看護部長が引き受けざるを得なかったということらしい。


沢田が病棟からいなくなると、彼女に同調していた数人の看護師達の態度も改善され、病棟は皆がキビキビと働く明るい雰囲気になってきた。

この日、奈緒は午後からの病棟での仕事を切り上げて会議室に向かっていた。緩和療法に関わる病院スタッフのミーティングが行われるのだ。途中で大原看護師と一緒になり、並んで廊下を歩いていた。すると、大原が『そういえば……』と小声で話を始める。

「小耳に挟んだんだけど、沢田さん異動になったんですって？」

「あっ……そうなんです。看護部長室に異動になりました」

大原は奈緒にチラッと視線を向けて話を続ける。

「三浦さんが酷い目に遭ったって聞いたんだけど、大丈夫だった？　私も彼女には嫌な思いをしたことがあって、今回の話を聞いて『やっぱり』って感じたんだけど」

「大原さんも？」

「三浦さんが入職する前は、私が外来と病棟の両方の疼痛緩和の仕事をしていたんだけど、めちゃくちゃ忙しいのに沢田さんにいちいち文句を言われてかなり苦労したの」

「そうだったんですか……」

「実は彼女、認定看護師の審査に落ちた過去があったらしいの。私もいじめられた時には、単純に縄張り意識のせいで外来看護師の私が気に入らないのかと思っていたんだけど、どうも色々と感情を拗《こじ》らせていたみたいで……だから今回も、三浦さんが認定看護師だから敵対視していたんだと思うわ」

「そんなことがあったんですね。知らなかった」

「ええ。まぁ他にも若手の医師を手当たり次第に誘っていたらしくて、各医局から苦情が看護部に殺到していたとも聞くし、看護部長に監視されて仕事をするのは窮屈だろうけど自業自得よね」

「私も、色々と苦情が出ていたのを後で知って驚きました」

「三浦さんも散々嫌な思いをして辛かったと思うけど……退院した患者さんやご家族さん達は

三浦さんの丁寧な仕事ぶりを褒めてくださっているのよ。彼女のことは犬に噛まれたくらいに思って、スッパリと忘れてこれからも頑張ってね」

「は、はい。ありがとうございます」

噂話で終わるのかと思ったら、優しく労《ねぎら》われて胸が熱くなる。看護師の仕事は楽ではないし辛いことの方が多い時もあるが、こんな素敵な先輩がいるから頑張れるのだ。

ミーティングの帰り一人で病棟に向かっていると、他の医師と並んで歩いていた名波とすれ違い会釈をして通り過ぎる。

渡り廊下に差しかかったところで呼び止められて振り返ると、名波が急ぎ足でこちらに向かってきた。

「奈緒」

名前呼びをされてキョロキョロと辺りを窺う。誰もいないので安心しつつ、このところ名波が忙しくて二人っきりで会えなかったものだから、奈緒は嬉しくて笑顔で駆け寄った。

「お疲れさまです。先生、仕事は落ち着きました？」

「ようやく。今夜会えないか？　当番だから急な呼び出しがあるかもしれないけど、食事だけでも一緒にしたい」

「嬉しいです。じゃあ、病院の近くで私が探しましょうか？」

「うん、頼む」

名波は手を上げてあっさりと先を急ぐ。

なぜか以前のような甘い雰囲気が感じられなくて奈緒は少し寂しさを覚えるが、今夜会えるのだからと気を取り直して病棟に向かった。

名波の仕事が終わるのが八時頃になるというので、奈緒は一旦寮に戻ってから店を物色した。大型商業施設の中に上品な串カツの店を見つけ電話をしてみた。いつもご馳走《ちそう》になっているので今夜は奈緒が支払いをしようと思っていたのだ。

平日の中途半端な時間帯だったせいか、運よく予約がとれた。名波に店の情報を送った後でホームページの写真を閲覧し、美味しそうな写真にお腹が鳴る。

久しぶりの名波との逢瀬《おうせ》だ。当番だと言っていたから、食事の後一緒に過ごせないかもしれないけれど、それでも嬉しい。

着替えをして病院の近くのコーヒーショップで待ち、しばらくすると仕事を終えた名波がやってきて、窓際の席にいる奈緒に外から合図をする。

すぐに気がついて店を出ると、手を繋がれて店に向かった。

「あのビルなら歩いたほうが早いな。行こう」

「あの……先生、手、離し……」

誰かに見られたら恥ずかしい。奈緒は手を離してもらおうとしたけれど、名波は握ったままだ。

「離さないよ。それに、プライベートなんだから名前で呼んでくれ」

前もそう言われたのだった。仕事中にふっと『涼一さん』なんて呼んだらいけないと思い下の名前で呼ぶことをできるだけ控えたいのだが、それでも名波は譲らない。

「奈緒、自然に振る舞うことを怖がる必要はないんだよ。たとえ仕事中に『奈緒』と呼び間っても俺は堂々としていたい。理由を聞くヤツがいたら『普段そう呼んでいるので』くらいのことは言うぞ」

今夜の名波は少し様子が違う。どこか性急で、奈緒の調子に合わせてくれないのだ。食事の時になんとなく理由を聞いてみよう。奈緒はそう考えて名波に寄り添って歩いた。

しばらく歩くと、巨大な商業施設が見えてきた。煌びやかなホールを抜けてエレベーターで目当ての店に向かう。

「串カツのお店は八階です。私の名前で予約しています。涼一さん、今夜は私が絶対に会計をしますからね」

前回の食事の時に奈緒は次回は自分が払うと名波に宣言していた。今日こそは！　と鼻息も荒く告げると、クスッと笑われる。ようやくいつもの名波が戻ってきた。

「じゃあ、遠慮なくご馳走になるよ」

「はいっ」

店の受付で名波が話をしている間、奈緒は少し離れて立っていた。すると、思わぬ人がエレベーターから出てくるのを目にする。

安藤だった。安藤は数人の男女と一緒に奈緒の前を通り過ぎようとして、ふとこちらに視線を向ける。

「三浦さん？」

「お、お疲れさまです」

「一人？　僕は同期の友人達と飲みにきたんだけど、よかっ……」

安藤が何かを言いかけたとき、奈緒の肩に手が置かれ、名波が声を上げる。

「奈緒、用意ができたから行こう」

安藤を前にして名波の体がこわばるのを奈緒は感じた。

名波は奈緒の手を握り、安藤に鋭い視線を向けながら無言で店に入る。奈緒は目を丸くする安藤に会釈をしてから店に入った。

テーブル席に案内され、二人は無言で席に着く。

安藤を見かけたせいで、名波の口数が減り不穏な雰囲気になってきた。名波はまだ安藤を敵視しているのだ。

名波の態度は自分を想ってのことだと奈緒は理解しているものの、これほどまでに安藤を嫌っていたのかと今更ながら驚いた。

医師同士はたとえ嫌い合っていても、お互いに表面上は愛想良くすることが常だから、名波の態度は非常に珍しい。

料理はコースを頼んでいたので、テンポよく食事が運ばれてくる。

この店では真っ白の四角い皿に串カツが美しく並べられており目でも楽しませてくれる。庶民の食べ物だと認識していた串カツが、まるで高級料理のようだ。

味も最高で、二人は夢中になって食べていた。名波も一見すると安藤に会ったことなど忘れているように見える。

名波は仕事で呼ばれる可能性を考えてソフトドリンクにしているので、奈緒もそれに合わせてアルコールは控えた。

和牛の串カツは上質なブランド牛を絶妙の温度で揚げていて、断面はピンク色。一口食べた名波が唸《うな》る。

「美味い。こんな店よく見つけたな」

「病院に近い店で検索していたら偶然ヒットしたんです。気に入ってもらってよかったです」

これまで散々ご馳走になっているのだ、名波に喜んでもらって奈緒も嬉しかった。

名波は先ほどの安藤を気にしているはずだから、安藤とは全く関係がないことを説明したかった。

「涼一さん、さっきの安藤先生ですけど……」

「うん」

「同期のメンバーと飲みにこられていたらしいです。エレベーターを出たら私が立っていたのでびっくりしていました」

「あいつ、奈緒にやけに親しげに話しかけていたけど……」

例の沢田の騒動を名波は知らないから、安藤が親しげに奈緒に話しかけることに違和感があるのだろう。あの件をもっと早く名波に話していればよかったと奈緒は後悔した。

「あの、涼一さん、実は……」

奈緒は沢田から受けた嫌がらせと、安藤絡みの騒動を順を追って名波に説明することにした。

「看護師の沢田さんから、安藤先生がらみで嫌がらせを受けていたんですけど、主任に相談しつつ凌《しの》いでいました」

「前もチラッと言っていたな。沢田さんは三十代くらいの中堅看護師だよな？　あの人が奈緒にどうして？」

「あの……安藤先生を飲み会に誘ってくれって言われたのを断ったのが原因なのか、ちょっとわからないんですけど……その後、ネットで私の情報を検索したり前の病院の事務員から医療事故の情報を引き出していたらしくて、それをネタに安藤先生の関心を引こうとして問題になったんです。沢田さんはどうしても私を悪者にしたがっていましたが、話の途中で安藤先生がなで、本当のことを説明すると言い出して、それを上司と私が止めた経緯がありました。そんなこんなで、安藤先生との接触が増えてしまったんです」

「まさか、そんなことがあったとは……」

「涼一さんに話さなくてごめんなさい。迷惑をかけたくなくて言い出せませんでした……」

「できることなら俺に一番に相談をしてほしかった。それで、奈緒は安藤に対して、遺恨は全く残っていないのか？」

「憎しみはないのですが、話しかけられるとやはり身構えます。安藤先生があの事故の後で患者さんときちんと向き合ったと聞いてホッとしましたし、外科を辞めて小児科医として再出発をしたことで安心感が増しました。仕事で安藤先生と絡む可能性が少なくなったことが一番嬉しかったんです。こんなこと本人には言えませんけど」

奈緒は初めて本心を伝えた。名波だから言えたことだ。すると名波はようやくいつもの笑顔を見せ奈緒の髪を撫でる。

「できれば安藤を避けたいということなんだろう？　でも、憎しみはないか。……わかった、俺も彼には色々と思うところはあるが善処するよ」

「涼一さん」

「奈緒の気持ちを尊重する」

医師同士は科が違っても交流は必ずあるので、できれば表面上だけでも普通に会話ができるほうがいいはずだ。

名波ほどの医師には心配は不要かもしれないが、それでもわかってくれて奈緒はホッとしたのだった。

食事が終わりに近づき、今夜は病院からの連絡はないかもしれないと気を緩めそうになった矢先、名波のスマートフォンに連絡が入った。

話をするために店の外に出た名波がしばらくして戻ってきた。席に着き飲みかけのコーヒーをぐいと飲み干してソーサに戻す。

「病棟から連絡が入ったから行くよ」

「はい、どうぞ行ってください。約束通り会計は私がしますので」

「……悪い、気をつけて帰ってくれ。安藤に誘われても付いていくなよ」

「絶対に付いていきません」

立ち上がった名波は奈緒の髪を撫で下《お》ろし、頬を指で撫でて店を後にした。奈緒は椅子に背を預けて大きな息を吐く。

「行っちゃった」

わかっていても、置いてけぼりは寂しいものだ。奈緒は残りのデザートをスプーンで掬《すく》い口に入れた。

名波はメッセージアプリもあまり使わない人だ。待ち合わせの時に最小限の言葉だけを送ってくれるくらいなのだが、タクシーで寮に戻った奈緒は見てくれないかもと思いながらメッセージだけを入れた。

「お疲れさまです。今、寮に帰りつきました」

とても恋人に送るメッセージの文面ではない気がするが、仕事で忙しい時に女々しい文章など見たくないだろう。眠る前にスマートフォンを確認すると、珍しく返信が入っていた。

『今日はごちそうさま。埋め合わせをしたいから来週には休みを合わせてデートをしよう』

嬉しくて奈緒は小躍りした。来週のデートに備えるには早いけれどパックをして念入りに肌の手入れをするのだった。


翌日のこと、夜間に救急搬送され朝イチで急性胆嚢炎《たんのうえん》の患者への手術を行った名波が午後に患者の様子を診に病棟にやってきた。

この患者はよほど痛みが激しかったらしく、全身麻酔から目覚めて体調が悪いはずなのに、名波に対して必死に礼の言葉を伝えていた。救急の受診時やオペ前の名波の対応がよほど良かったのだろう。

「経過が良ければ明日にもドレーンを外して早速歩いてもらいます。痛みが辛い時には我慢をせずに看護師に伝えてください」

「はい。ありがとうございます」

名波が出ていくと奈緒は患者のケアを行なってから病室を出る。名波は別の患者のところに行ったのか姿が見えなかった。奈緒がカートを押してナースステーションに向かっていると、エレベーターから以前入院していた中学生の山根さんが出てきて、その後ろから安藤も出てきた。奈緒は一瞬ギョッとするも快活に挨拶をした。すると彼らが近づいてくる。

「山根君がすっかり体調も良くなり病棟に挨拶に行きたいと言うので連れてきました」

「良かったです。山根さんはもう学校に行っているんですか？」

「はい、休まず行っています。看護師さんお世話になりました」

「丁寧なご挨拶ありがとうございます。皆のところに案内しますね。どうぞ」

奈緒は二人に同行してナースステーションに向かう。主任が山根さんに気がついて手を振って歓迎している。

廊下で奈緒が眺めていると、安藤が出てきて近寄ってきた。先日名波と一緒のところを見られているので、何か言われるかもと緊張していたのだが、安藤は名波のことには全く触れず、思いがけないことを言い出した。

「三浦さん、よかったら今日僕と食事に行きませんか？」

「……えっ？」

どうして安藤と食事をしなくてはいけないのだろう？　あまりにも意外すぎる申し出に奈緒は驚いて安藤を見つめていた。

安藤は少しはにかんだ様子で頭に手をやり、奈緒に告げる。

「その……ここで言う話じゃないんだけど、僕と付き合ってほしいと思って……」

「……」

一瞬、驚きのあまりに息が止まるかと思った。

それは絶対に無理だ！　安藤のしでかしたことを許してはいるけれど、個人的に食事や交際などは絶対にしたくない。

第一奈緒には名波がいる。

奈緒は首を振ってはっきりと安藤に告げようとした。

「あの……安藤先生、それは……」

奈緒が断ろうとすると、安藤の視線が奈緒の背後に移り、気まずそうな表情に変わる。気になって振り返ると、名波がすぐ横を通り過ぎていくところだった。

今の会話を聞かれたのかもしれない。自分は何も悪いことをしていないのに、名波に対して罪悪感が湧いてくる。奈緒は安藤に会釈をして咄嗟に名波を追いかけた。

エレベーターに乗り込もうとしていた名波に声をかける。

「名波先生、待ってください」

一緒にエレベーターに乗り込み、説明をしようとした。

「あのっ、さっきのは……」

奈緒が説明をしようとすると、名波に遮られる。

「今夜は教授のお供で会食があるんだけど、少し時間が取れるからその前に話をしよう。メッセージを入れておく。仕事に戻れ。それと、安藤を安易に信じないでくれ」

「は……はい」

名波はそれだけを言うとエレベーターを出て行く。置き去りにされた奈緒は呆然として五階のボタンを押した。

病棟に戻ると、山根さんと安藤はすでに病棟から消えていた。

奈緒はなんとか気持ちを落ち着けて仕事を再開する。

個人的なことでバタバタしてしまい仕事が遅れるなんて情けない。急いで看護記録に入力を始めたが、じわじわと涙が滲んできた。

名波に冷たくされるのが初めてで、どうしていいかわからない。これじゃあいけないと思い、トイレで顔を洗って仕事に戻る。

今夜少しだけ会えるのだから、安藤のことを説明してわかってもらおう。奈緒はそう心に決めた。

安藤は心を入れ替えたのかもしれないが、先日の沢田への態度を見ていると正直怖い。

それに、いちいち絡んでこられるのでどうしても身構えてしまうし、避けたい気持ちが勝《まさ》ってしまうのだ。

心の奥底では恐怖が取り除かれていないということか。

仕事が終わって更衣室でスマートフォンを確認すると、名波からメッセージが届いていた。

『病院近くコンビニ横のコーヒーショップで待つ』

感情を削《そ》ぎ落《お》としたメッセージに奈緒は小さくため息を吐く。

(私が優柔不断だから怒っているんだよね……)

奈緒はすぐに返信をした。

『はい。できるだけ早く行きます』

奈緒が急いでコーヒーショップに辿り着き店内を見渡すと、名波は少し笑みを見せて手を上げた。ドリンクを買って席に着き奈緒も笑顔を浮かべる。

「遅くなってごめんなさい。会食の時間大丈夫ですか？」

そう言うと名波は時計をチラッと見て小さく頷く。

「十分くらいしか話せない。何度も聞いて悪いが、安藤とは本当に何もないんだよな？」

「絶対にないです。今日、安藤先生にいきなり食事に誘われて、『付き合ってほしい』と言われて断ろうとしていたんです。でも涼一さんがいたから私……誤解させてはいけないと思って、安藤先生を置き去りにしてしまいました」

「あいつ、どういうつもりなんだ……じゃあ、はっきりと断ってはいないのか？」

名波が悔しそうな表情で呟く。

「はい……涼一さんに気を取られてしまって……ごめんなさい」

「奈緒、謝らないでくれ。俺さ、あそこで安藤に掴みかかるわけにいかないから、必死に理性を働かせて避けたんだよ。本当のことを言うと、奈緒が過去の事件のことで看護師から嫌がらせを受けていたことを後になって知らされたこともかなりショックだった。安藤がそれに絡んでいたと聞いた俺の気持ちがわかるか？　奈緒が辛い時に何も知らなかったなんて……俺は頼りにならなかったのか？」

「違いますっ！　涼一さんに迷惑がかかると思って！　それに、安藤先生の名を出したら嫌な思いをさせると思ったんです。沢田さんの嫌がらせも自分で解決したかったし……結局師長と主任に迷惑をかけてしまったんですけど」

「そうか……話がわかる上司でよかった。奈緒が気を遣ってくれるのは嬉しいけど、俺に頼ってほしかった。情けない話だけど、俺だって自信たっぷりなわけじゃない。強引に奈緒を誘ったのは自覚しているんだ。でも、俺ばかりが奈緒を好きな気がして辛い」

「そんな……」

「安藤に関わってほしくないんだよ、ただのヤキモチだと笑ってくれてもいい」

「私はそんなにモテません。それに、安藤先生に好かれたとしても私の気持ちは一ミリも動きませんから！」

奈緒が力を込めてそう言うと、名波の表情が少しだけ和らいだ気がした。しかし、時計を確認して立ち上がる。

「わかった。……時間だ、行くよ」

名波は立ち去る寸前、テーブルに置いた奈緒の右手をギュッと握って笑みを浮かべる。それだけで、奈緒の不安が少し薄れていく。

「気を付けて帰れよ」

「……はい、いってらっしゃい」

名波の後ろ姿を見送って奈緒はコーヒーショップを後にした。名波を大切に思い頑張りすぎたことで逆に悲しませてしまったことが悔やまれる。

時間を作ってこうして気持ちを伝えてくれるのは、奈緒との付き合いを大事にしてくれているからだ。名波の気持ちがひしひしと感じられる。

それでも、名波に『辛い』と言われたことが胸に引っかかって、奈緒の気持ちは晴れなかった。

翌日のこと。

奈緒がケアで病室を回っていると、教授がぶらりと一人で病棟にやってきた。カートを押して廊下を歩く奈緒を見つけ声をかけてくる。

「よお、三浦君」

「教授！　お疲れさまです」

「今日のランチ、よかったら僕に付き合ってくれないかな？」

「え、ランチですか？」

教授のやけに軽い誘いに奈緒はクスッと笑って頷いた。何か話があるのかなと思ったが、教授とのランチなら気を遣わないで済むので大歓迎だ。

午前中に名波が病棟にやってきたけれど、奈緒は廊下を主任と歩いている姿を見ただけで話はできなかった。

昨日の名波の言葉が蘇って、奈緒の胸が騒ぐ。

『俺ばかりが奈緒を好きな気がして辛い……』

なんてことを名波に言わせてしまったのだろう。奈緒は自分がどうしたらいいかわからずに悩んでいた。


ランチは地下の職員用の食堂で摂ることになった。

教授と連れ立って歩いていると、さすがに目立つのかチラチラと職員の視線が向けられるのを感じる。

「教授、皆さんの視線をひしひしと感じます。教授って有名人なんですね」

「そうかな？　君が美人だからじゃない？」

「いいえ、それはないです」

奈緒が教授のサービストークをぶった斬ると、嬉しそうに笑われる。

食券を買い、ランチを受け取ってテーブルに着くと、教授が奈緒の背中をバーンと叩く。

「三浦君はそうでなくっちゃ。最近大人しすぎるんじゃないかな？　もう病棟にも慣れただろう？　そろそろ本領を発揮してもいいんじゃない？」

「本領……ですか？」

「うん。三浦君のいいところは誠実な仕事ぶりと思ったことをハッキリと言う所だからね。あの事件からすっかり用心深く大人しくなったけど、せめて私生活だけでもはっきりと気持ちを伝えることが大切だと思うよ」

「教授……誰かから何か聞かれたんですか？」

「うん、ちょっとね。昨夜の名波君は珍しく暗かった。せっかく僕がお膳立てしてやったのに、三浦君を捕まえ損ねたら色男も台なしだ」

「……き、教授っ！」

奈緒の恋愛事情を全て把握して爆弾を落とすと、教授はすましてうどんをすすっている。外見はボルゾイ犬のように優雅なのに、中身はタヌキ親父《おやじ》なのだ。

奈緒も日替わりランチの唐揚げに集中するも、教授の『お膳立て』というセリフが気になって仕方がない。

半分食べたところで、奈緒は気になっていたことを教授に尋ねることにした。

「あの、お聞きしてもいいですか？」

「何なりと」

テーブルに肘をついて指を組んだ教授は、人畜無害に見せかけた笑顔を浮かべている。

「教授が言われたお膳立てとは、私を島から呼び寄せたことですか？」

「そうだよ。三浦君を呼び寄せたのは、我が消化器外科病棟に来てほしいと思っていたからだけど、名波君のたっての願いでもあったんだ。島にいる三浦君に僕が電話をかけたことがあったよね？」

「はい」

「あの時の僕の言葉を覚えている？」

「はい。帰ってきなさいって言われて……今からならキャリアを積むことができるし待遇が良いから将来的にも安心だって……」

「それから、君を待っている人がいるって言っただろう？」

「あっ、はい！　私はあの時、深く考えずに、待っているのは患者さんのことかと思っていました」

奈緒がそう言うと、教授はハハッと笑った。

「君の帰りを待っていたのは、名波君だ」

「……そうだったんですか」

やっと腑に落ちた。

教授は仕事のために自らの息のかかった人材を集めることと、部下のキューピット役を楽しんでいたということか。

「三浦君が退職してから、名波君は居所を知りたがっていたんだ。でもあの時は、静かな場所でゆっくり養生することが君にとって最上だとわかっていたから教えなかった。その代わり、ハッパをかけて名波君に勉強をしてもらうことにしたんだ」

名波から聞いた通りだ。奈緒は教授に礼の言葉を伝える。

「そんなことまで……教授、ありがとうございます」

「いや、僕は『いい人』って訳じゃない。君が消えてからの名波君の暴れっぷりが酷かったから、どうにかしないといけなかった。彼がどうだったか知りたいかい？」

「……知りたいです」

名波が暴れていたとは全然知らなかった。一体何をしでかしたのか？　奈緒は教授の話に耳を傾けた。

「名波君の話をする前に、三浦君にあの事件についての僕の考えを伝えるね」

「は、はい」

教授は、奈緒の島での二年間は無駄な時間じゃなかったし、あの医療事故を恥じることはないと言う。

安藤のせいで被害を被《こうむ》っただけで、奈緒にとってはインシデント、事故の一歩手前で危険を予知して止めようとしたのだから、よくやったと言うのだ。

「でも、安藤くんにとっては完全なアクシデント、事故だったけどね。何しろ三浦君の話も聞かずに暴走したんだから」

「でも先生、私、安藤先生に間違いを指摘した後で大声で怒鳴られて、それで怖くなって口をつぐんだんです。私がもっと食いさがっていれば事故は起こらなかったかもしれないんです」

「そうだろうか？　それは誰にも分からないよ。できなかったことを悔やむよりも、踏ん張った自分を褒めてやりなさいよ。そうでないと、あの後小児外科の医局に乗り込んで啖呵《たんか》を切った名波くんが浮かばれないよ」

「え？」

「知らなかったんだろう？　彼は君を高く買っていたからね」

「高く……？　えっ、どういうことですか？」

癌患者への治療の際に投薬やケアの間違いは決して許されない。奈緒はいつも二重三重の確認をして患者に対応していた。

そんな仕事ぶりを名波はわかってくれていたのか？

だからいつも、端的な指示をするだけで細かいことは言ってこなかったのだろうか？

単にそういう性格なのだとずっと思って対応していたが、奈緒の能力を信頼してくれていたのだと教授に言われて涙が出るほど嬉しかった。

おまけに、奈緒のために他科の医局に乗り込んで行くなんて……。

「安藤君の父上もいた中で小児外科の体質を批判した後、安藤君の胸ぐらを掴んで、ど正論をかましていたけどね。名波君は背が高いだろう？　胸ぐらを掴まれた安藤君の足はブラブラと宙に浮いていたよ。あれは凄かった……」

「教授、それを黙って見ていたんですか？」

「あれを止めたら僕は名波君にぶっ飛ばされたと思うよ。だから、黙って見ていた」

「はぁ……」

奈緒はもう言葉が出ない。

「あの日は名波君が退局届を僕のところに持ってきたんで、今後のことを話していた所だったんだ。辞めてフリーで仕事をした後アメリカで学ぶという彼を激励していたんだよ。そしたら、『今から挨拶に行くところがあるけど一緒にどうですか？』って誘われてノコノコついて行ったら、とんでもないことをしでかしてくれた」

奈緒は教授の話の途中から頭を抱えていた。名波がそんな危ないことをしていたなんて全然知らなかった。

「小児外科の連中が排他的で、お坊ちゃんの安藤君をいじめていたのは医師の間では有名だったから、名波君なりに考えがあったんだろう。それでも、医療事故を起こした後の安藤君が三浦さんにしたことが個人的に許せなかったんだろうね。いやー、あの時の名波君の姿を録画して君に見せてやりたいくらいだ」

「せ、先生……楽しんでいませんか？」

奈緒がツッコミを入れると、教授は満面の笑みを浮かべて言った。

「冷静で優秀な人間が、想いを拗らせて爆発する姿は見ものだし、それくらい熱量の大きい人間が僕は好きだなあ。いや、実を言うと、すごく楽しかった」

「……」

奈緒は教授に顰《しか》めっ面《つら》を向けて食事を再開した。もうすぐ昼休みが終わってしまいそうだったからだ。

奈緒は食事をしながらも、名波のことを考えていた。今すぐ名波を抱きしめてあげたい。ごめんなさい、ありがとうと、心の底から伝えたかった。

自分の知らないところで、小児外科の教授や医師たちを相手に奮闘していたなんて全然知らなかった。

そして、奈緒が清水の舞台から落ちる覚悟で誘ったあの夜、名波も本気で自分を想ってくれていたのだと、今は心から信じることができた。

名波との関係は『いつか終わってしまう関係』だと、どこかで奈緒は思っていたが、それは逆に名波を踏《ふ》み躙《にじ》る行為だった。

（私って……本当にばかだ）

奈緒は真摯に愛を告げてくれた名波を信じきれていなかった。

おまけに、安藤に対しては曖昧な態度に終始して、秋波を誘う結果になってしまった。

名波から見れば、弄ばれていると思われても仕方がない行動だ。奈緒は自身の行動が恥ずかしくて身悶《みもだ》えしそうになったが、教授の、煩悩とは無縁でどこかお茶目《ちゃめ》な顔を眺めている内に心が凪いできたのだった。

第七章　プロポーズ

その夜、奈緒は記憶を頼りに名波のマンションにタクシーで向かった。

もしかして、まだ病院で仕事をしているか、どこかで食事をしているかもしれない。今夜会えなくても、また機会を作って話をする気でいたが、今夜もし部屋にいたら何も言わずに胸に飛び込もう。そう思っていた。

二年前だってそうだった。いきなり名波に抱いてほしいと言えたのだ。

あの時は二度と会えないと思い捨て身だったけれど、今夜は違う。名波との未来を作っていくための行動だ。

奈緒は今までずっと一人で強がって生きてきた。唯一誰かに縋りたいと思って勇気を出したのは、名波に抱かれた夜だった。

ここだと思われる建物にたどり着き、タクシーを降りて見上げる。

たしか十一階でエレベーターを出て左の角部屋だったと記憶しているが、もし間違えたらいけないので名波に直接電話をすることにした。

スリーコールで名波の低い声が響く。

『奈緒？』

「はい、奈緒です。こんばんは」

『うん。どうした？』

「今、ご自宅ですか？」

『そう。これから夕食を……もしかして、会えるんなら出ていくけど』

その言葉を聞いて奈緒の胸がじんわりと熱くなる。

（やっぱり涼一さんは優しい。疲れているのに、会いに来てくれるなんて）

「マンションにお邪魔しても大丈夫ですか？　都合が悪ければまた後日でも……」

『いや、大丈夫だ。今どこにいる？』

これを言ったら引かれるかな……と一瞬躊躇したが、奈緒は勇気を出して伝えた。

「涼一さんのマンションのロビー前にいます」

「……えっ？　ウチの？」

本気で驚いているようだ。

奈緒が大胆なことを言ったりしたりすると、名波はいつも絶句する。それさえも愛おしくて、奈緒は自然と笑顔になっていた。

「入れてもらえますか？」

『今から下りる！　ロビーに入って待っていてくれ』

「はい」

大理石や重厚な天然木で設《しつら》えられた品のあるロビーには、コンシェルジュ用のコーナーがあるものの常駐ではないのか人がいない。奈緒は壁の側に置かれたソファーに腰をかけて名波を待った。

程なくしてドアが開き名波が出てくる。

「奈緒！」

立ち上がった奈緒の手を取り、焦った様子でエレベーターホールへ導く。

「どうした？　何かあったのか？」

名波の問いに奈緒は首を横に振った。

「いいえ、特に何も変わったことは起こっていません。ただ会いたくて来てしまいました」

「……」

名波の反応がなく無言だったので、奈緒はマンションに勝手に来たことで名波に引かれたのかと一瞬不安になりかけた。

すると、握られた手が離されて、いきなり肩を抱き寄せられる。

「嬉しいよ。でも俺がいなかったらどうするつもりだったんだ？」

「わかりません。ただ会いたかったんです……」

エレベーターの中で名波の胸に抱かれ両腕で抱きしめられて、奈緒も両腕を名波の背中に回してシャツを掴んだ。

エレベーターを降りて左の部屋に入りリビングに案内される。キッチンに入った名波が冷蔵庫を開けて水のペットボトルを奈緒に見せる。

「水飲む？」

奈緒は首を振って微笑んだ。……そういえば、これから食事を作ると言っていたのを思い出し、名波に声をかける。

「食事、よかったら私が作りましょうか？　大したものは作れませんけど」

「いいのか？」

名波が嬉しそうにキッチンから出てきた。

「はい。その代わり私もお腹ぺこぺこなので頂いてもいいですか？」

「もちろん！　冷蔵庫にあるものなんでも使ってくれ」

「はい」

冷蔵庫を覗くと、わりと几帳面《きちょうめん》にものが置かれていた。サラダになりそうな野菜はあるし、冷凍庫には焼くだけのピザと魚介がある。ＩＨヒーターの側にオリーブオイルがあるのを見て、パスタを作ろうかと思ったが肝心の麺が見当たらない。

「涼一さん、スパゲッティーはありますか？」

「あるよ、後ろの棚の中」

そう言ってキッチンに来て棚から取り出してくれ、おまけに大きめのゆで鍋にお湯を入れてセッティングしてくれた。

「ありがとう。あの、魚介のパスタにしようかと……あ、コンソメは？」

「どうかな？　冷蔵庫に放り込んでいるかも」

そう言ってまた探してくれる。毎日忙しいのに、ちゃんと料理をしているのだろう。奈緒は頼もしく思った。

もう気持ちに蓋をしないことに決めたから、内心では名波とこの部屋で暮らしたいとそんなことさえも夢想してしまう。

さすがに自分から言い出せないけれど、思うのは自由だ。

「あった！」

冷蔵庫のポケットから固形のコンソメが出てきて、奈緒は笑顔で受け取った。

「嬉しい。これで美味しく作れるかな？」

「楽しみにしているよ」

奈緒の頭を撫でて名波はキッチンから出ていった。

サラダと魚介のパスタが完成して皿に盛っていると、名波がキッチンにやってきて冷蔵庫からワインを取り、棚からグラスを取り出して奈緒に笑みを向ける。

「ワイン飲む？」

「はい。飲みたいです」

「今夜は冷凍ピザを焼くかデリバリーでも頼もうかと思っていたのに、奈緒の手作りパスタが食べられるなんて、最高だな」

「期待されると困ります。パパッと作った簡単パスタなのに」

「パパッと作れるってことは、料理に慣れているってことだよ。それだけで尊敬する」

パスタと野菜のサラダ、それにワインで夕食が始まった。名波はパスタを美味しいと褒め、サラダのドレッシングを冷蔵庫のレモンを使って作ったと言うと、本気で驚いていた。

「奈緒はドレッシングも作れるのか？」

「涼一さん、誰でも作れますよ。もう恥ずかしいから黙って食べてください」

奈緒がそういうと、名波が嬉しそうにニヤける。

食事を終え、二人で片付けをした後で名波がコーヒーを淹れてくれた。ソファーにかけた奈緒はコーヒーを受け取り一口飲んだ。

「美味しい」

そう呟きながら、奈緒は話をするタイミングを計っていた。奈緒の隣に名波が腰をかけてコーヒーの香りを楽しんでいる。

コーヒーを一口飲み、テーブルに置く。

「涼一さん、今夜はお話を聞いてほしくて来ました」

「うん。何かあるんだろうなと思っていた。単に俺に会いたいからでも嬉しかったけど」

そう言われ、つい本音が漏れる。

「いつも会いたいけど、我慢しているんです」

「……奈緒？」

奈緒は俯いたままポツポツと話を始める。

今日、教授とランチを摂ったこと。そこで、二年前名波が自分のためにしてくれたことを初めて知ったこと。

「私を高く買ってくれていたと教授から聞いて、すごく嬉しかったです。総合病院で仕事をしている間はものすごく忙しかったけど、涼一さんとの仕事は楽しくて何を言ってもすぐに通じあって、まるで同志のようだと自分では勝手に思っていました。涼一さんも同じように感じてくれていたんだと知って、今更ですけどあの頃の私がやっと報われたって思います。ありがとうございました」

「奈緒は誰よりも懸命に仕事をしていたからな。俺は、そんな奈緒に責任を押し付けた安藤が許せなかったんだ。でも、アイツが嫌いな訳はそれだけじゃない。自分が過去にしたことを棚に上げて、よりにもよって奈緒に交際を申し込もうとしたことだ。俺と奈緒の関係を知らないにしてもムシがよすぎる」

「涼一さん、安藤先生のことは無視してもらっていいですから。私、ちゃんと恋人がいると話をして断ります」

奈緒がそう言うと、名波がシブい顔をする。

「なぁ奈緒、呆れるかもしれないけど、お前が安藤と話をするだけでも俺は嫌なんだ。だから、なるべく接触は少なくしてほしい」

「わかりました」

名波はとことん安藤が嫌いなのだ。安藤への対応は後日考えるとして、というか、奈緒的には安藤は全く眼中にない。

奈緒はまだ名波に言い足りないことがあった。ここからが奈緒の本番なのだ。

「涼一さん、聞いてもらえますか？　……二年前、私が涼一さんを誘ったのは、ヤケになったからじゃないんです。もう二度と会えないと思っていたから。好きな人に抱かれたいって思ったからあんなことを言う勇気が出たんです」

「好きな人……奈緒も俺をずっと好きでいてくれていたってことか？」

「はい。一緒に仕事をしていく内に好きになっていました。会えなくなって二年、島で過ごす間、涼一さんが私にとってどんな存在だったか知らないでしょう？　ずっと好きでした。毎夜夢に見るほど」

「俺も、奈緒をずっと想っていた。教授はひどい、俺の気持ちを知っていたくせに奈緒の居所を教えてくれなかったんだぞ」

　教授には考えがあって名波に奈緒の居所を言わなかったのだ。

　奈緒は二年間あの事件を思い出させる人物とは全く会わなかった。名波に会いたいと願っていたけれど、会えば安藤からのハラスメントを思い出して苦しんだかもしれない。

「私も涼一さんに会いたかったです。でも、会ってしまったら私は多分嫌なことを思い出して苦しんでいたと思います。教授がしてくれたことは正しかったと今は思えます」

「……確かにそうだな。今は奈緒とこうして一緒にいられるんだから、教授に感謝すべきか」

「ふふっ、そうですね。感謝して一生懸命ご奉公しなくっちゃ。それこそ教授の思うツボですけど」

　二人は目を合わせて同時にクスッと笑った。明日には仕事があるけれど、夜は長い。名波は奈緒の髪の毛に手を伸ばし囁いた。

「なぁ奈緒、明日の朝早くに寮に送っていくから、今夜は泊まらないか？」

　もう名波への想いを隠すことはやめて自分の気持ちに素直になろう。奈緒はそう決めていた。だから、こんな図々《ずうずう》しいことも言える。

「はい。本当は今夜だけじゃなくて、ずっと一緒にいたいです」

　積極的になった奈緒に名波は驚きながらも、優しい眼差しを向け抱きしめた。

「いつもそんな風に気持ちを正直に伝えてほしい。俺も奈緒と一緒に暮らしたい。どうだろう、結婚を考えてくれないか？　休みを合わせてお互いの両親にも挨拶に行きたい」

「……結婚」

「うん。奈緒、俺と結婚してくれるか？」

さすがにそこまでは想定していなかった。同じ家で生活して、一緒に眠り目覚めたい。奈緒の願いはそんなささやかなものだった。

でも、名波の口から『結婚』というワードが飛び出して、奈緒の胸に、爽やかな風が吹き込んで、新しい世界が広がりそうな気がした。

「嬉しい……私、涼一さんの奥さんになりたいです」


奈緒がシャワーを先に浴び、名波の大きなTシャツを着てリビングに行くと、名波がペットボトルの水を手渡してくれる。

「シャワーを浴びてくるからベッドで待っていてくれ」

そう言われ、奈緒は恥じらいつつ頷く。

名波の寝室は、やっぱり森の中みたいに落ち着く場所だ。このマンションのインテリアも立地条件も全てが好ましくて、ここで名波と生活する未来があるのだと思うと、心の底から歓《よろこ》びが湧いてくる。

（幸せ……）

薄手の羽布団にダイブして、奈緒は我が身に起こった最大の幸せを噛み締めていた。

……温かいぬいぐるみを抱きしめている夢を見ていた。気がつくとそれが犬に変わり、ペロペロと顔や耳を舐められて、くすぐったくて顔を背けた。それでも犬は懐いて、奈緒の肩を舐めて軽く噛んできた。

『あっ……』

犬に舐められて気持ちよくなっているなんて、私はどうなってるの？　夢の中で混乱してハッと立ち止まる。

「奈緒……」

柔らかい布団の上で名波が名を呼ぶ。奈緒はうたた寝から目覚め、目を見開いて頭上の綺麗な顔を見つめた。

「気持ちよさそうな顔で寝ていたぞ」

『はい、寝ていました』と答えたいけれど、まだ体が目覚めなくて喋《しゃべ》るのが億劫《おっくう》だ。髪を撫でる名波の手の感触が次第にはっきりと感じられて、奈緒はようやく声を上げた。

「夢を見ていました。ぬいぐるみと犬の夢」

「犬でも飼っていたのか？」

「いいえ、飼ったことはないです。なんか、夢の中で肩を噛まれて……」

奈緒が呟くと、名波がクスッと笑った。

「奈緒が死んだみたいに眠っていたから、俺が肩を噛んだ。それを夢に見たんだな？」

「えっ、涼一さんが？　やだ、なんだか恥ずかしい」

「なんで？」

「ん……なんとなくです」

こうやってたわいもないことをベッドで話すのが楽しい。これを幸せというのだろうか？

名波が羽布団をふんわりとかけてくれて、二人は布団の中で抱き合った。

「疲れているんだろう？　このまま眠ろう」

「えっ？　だって……」

「ずっと一緒にいてくれるんだろう？　いつでもデキるよ。それに、奈緒の休みに合わせて一日中連絡がこない本当の休みをとるつもりだから、その時に……な？」

「……はい」


朝、まだ薄暗い時間に奈緒は目を覚ました。奈緒のお腹の上に名波の手が乗っていて、名波はまだ寝ている。

規則正しい寝息を聞いていると、なんとも言えない幸せが込み上げて胸が一杯になった。

まだ起きるのは早い気がして仰向けで横たわっていると、名波が寝返りを打ち奈緒の方に顔を向けてきた。

寝顔が見たいと思い、できるだけベッドを揺らさないように名波に顔を向ける。

前髪がくしゃくしゃになって上を向いているのが可愛い。閉じた瞼から大人の男性の色香が匂い立つようで、その美麗な顔を至近距離で見つめていると時を忘れてしまう。

手を伸ばして乱れた前髪を直してみる。すると、名波が「ん……」と呟き、奈緒は腕を引っ張られて胸に抱かれた。

（えっ……？）

顔を上げると、しっかり目を閉じて眠っている。無意識に抱き寄せられたのだとわかって、奈緒の胸が愛おしさで締め付けられそうになった。

そのまま名波の背中に腕を回して互いに抱き合って横たわっていたのだが、奈緒のＴシャツの裾から名波の手が入ってきて背中を撫でられる。

その手が下に伸びてヒップを掴み下半身が引き寄せられて体がピッタリと重なった。

硬いモノが奈緒の足の間に押し付けられて、微かな愉悦が生まれる。思わず声が漏れそうになるのを我慢して顔をあげると、目を閉じた名波の口角がクイッと上を向いていた。

「起きてます？」

小声で問いかけると、ますます笑みが深くなり、名波が目をパッチリと開いた。

「おはよう」

「お、おはようございます。いつから起きていたんですか？」

「髪を触られて目が覚めたけど、奈緒の好きにさせてやろうと思って寝たふりをしていた」

「もうっ！　やだ……」

「やだはないだろう？　今何時だ」

名波がベッドサイドに置いている時計を確認した。

「まだ五時か。奈緒、疲れはとれた？」

「はい。ぐっすり眠れたので。あ……やっぱり昨夜は私に気を遣ってくれたんですね？」

「ん？　奈緒の目がトロンとしていたからな。なぁ、触っていいか？」

そう尋ねるのは多分、これから抱かれるのだと思って、奈緒は押し付けられた硬い滾《たぎ》りにそっと手を伸ばした。

「涼一さん、したいです」

「奈緒……」

唇が塞がれて、熱のこもった舌が入ってくる。絡め合いながら互いの身体を夢中で弄り合う。大きなTシャツが脱がされ、ショーツに手がかかる。膝まで一気に脱がされて、後は奈緒が足首まで下ろした。

自らもTシャツを脱いだ名波の胸に手を当てると、心臓がドクドクと早いリズムを刻み、名波の昂りが感じられる。

キスは甘く深く続く。口腔を丹念に舐められ舌が絡め取られる。

乳房が揉みしだかれて形を歪ませると、奈緒の小さな喘ぎがキスの合間にもれ、愉悦に腰がモゾモゾと揺れてくる。先端を指先ではねられてビクンと腰が跳ねた。

「ぁッ……ぅふ……っ」

少し硬くなった先端が指の腹で捏ねられ、もう片方が熱い唇に含まれてジュッと吸われる。唾液と愛撫のせいで甘い果実のような色に染まり、もっと吸って……と名波を誘い続ける。もう片方も同じように口に含まれて、奈緒は甘く喘いだ。

「はぁ……ん、あッ、あぁ……っ」

名波の手が肌を滑り、奈緒の快感のツボをくまなく押してくる。その度に身を捩り喘いでしまう。蜜を満たしたとば口から入ってきた指の性急な動きに、奈緒はブルっと身体を震わせた。

クチュクチュと水音が薄明るい寝室に響き、奈緒は身をよじらせて喘ぐ。朝から身体を絡ませて快感を貪ることに少しだけ背徳感が生まれてくる。

中の浅いところを執拗に弄られ、涙目で愉悦に咽ぶ。

「ぁやぁ……っ、やぁ、そこ……っ、あ、やぁ……」

首を左右に振って激しい快感に塗れていく。名波の髪の毛に指を這わせて弄れば、本人の性質と似た真っ直ぐだけど柔らかい触り心地に酔う。

指は膣中の壁を擦り、内襞がザワザワと快感に蠢く。恥丘を舌が這い、花弁の奥の尖りが剥き出しにされて舌で突かれ舐め上げられる。

「ひぁ……っ」

驚いて変な声が出たけれど、名波は気にせずに小さな芽を執拗に舐め歯を立てる。激しい刺激に簡単に達しそうになって体がガクガクと震える。

「や……ぁッ！　だめぇ……イキそうになっちゃう」

「奈緒、イッて」

溢れた愛液がジュッと音を立てて吸われ、秘肉にめり込んだ指でお腹側の壁を抉られ奈緒の腰が大きく跳ね上がる。

「あッ！　あ、やぁそこダメぇ、ぁひッ！　あぁ……っ」

隘路がキューッと指を締め付け、奈緒は一気に絶頂を迎えた。

目を閉じて浅い息を吐く奈緒の髪の毛を撫で、名波が囁く。

「なぁ……挿れるぞ」

「……ん」

片脚が名波の肩にかけられながら、屹立がズブズブと中に入ってくる。

内臓が押し上げられるような感覚はすでに馴染みのものだけれど、今朝は特に充満感が強い。

腰を小刻みに進めながら中を穿たれて、奈緒は熱く浅い息を吐きながら薄目を開けた。

「んっ、んっ、うっ、ぅう……」

中を広げながらゆっくりと剛直が埋められていく。名波の真剣な眼差しに捉えられ、奈緒は目が離せない。

こめかみから流れた汗が落ちて奈緒の頬を濡らすと、互いの汗が混ざり合う感覚さえも嬉しくて、奈緒は愉悦で震える口元で笑顔を向ける。

名波がそれに応えるように笑みを浮かべて唇だけで何かを囁いた。

『アイシテル』

そう囁かれた気がした。

抜ける寸前まで大きく屹立を引き出したその直後、ズン！　と奥が穿たれて、奈緒は痺れるような悦楽に悲鳴のような声を上げる。

「ひぅ……ッ」

何度も激しく突かれ、奈緒は顎を反らせて「はぁはぁ」と短い息を吐く。

亀頭が子宮口にめり込むくらいに突かれ、膣中が熱く疼き内腿が愉悦で震える。何度も穿たれて、快感が波のように奈緒を襲った。頭の中にはモヤが充満し、突かれるたびに甘く痺れていくよう。

激しく突かれ、奥をゴリゴリと音がしそうなくらいに穿たれたその時、奈緒は意識を手放した。

「奈緒……」

名波の声がした気がして、奈緒はハッと目を開ける。明るい光に照らされた寝室で、名波がこちらを心配そうに見下ろしていた。

「涼一さん……」

「よかった。数秒だったけど、気を失っていたんだよ。ごめん、やりすぎた」

「あ……そうだったんですね。私……気持ち良すぎて……飛んじゃいました」

「え？」

恥ずかしくなって奈緒は顔を両手で隠す。

事情が理解できた名波の表情が強張ったものから笑顔に変わる。

「そうか……気持ちよくなってくれてよかった。でも、制御ができなかなかったのは俺、奈緒が可愛すぎてつい、激しくしてしまった」

「……それもたまにはいいかも」

「えっ、本当に……？」

名波が今度こそ本物の笑顔になり、奈緒に短いキスをくれる。

「この、小悪魔め。じゃあ、毎晩抱き潰してやろうか？」

奈緒を抱きしめた名波が、ハッとして身体を離す。

「やばい！　そろそろ急がないと遅刻する。奈緒、シャワーを浴びておいで」

「あっ、はい」

奈緒は起き上がるも自分が全裸だと気がつき手で身体を隠した。

名波の見ている前で全裸なのは恥ずかしい。Tシャツを探す間、名波にお願いをする。

「涼一さん、ちょっとの間、目を閉じていてください」

「いまさら……」

そうボヤキながら、名波は背を向けてくれる。奈緒は床に落ちていたTシャツを頭から被り、浴室に向かった。

第八章　奈緒の受難と名波の焦り

奈緒がシャワーを浴びている間に、名波はコーヒーを淹れパンを温めてくれていた。

「俺が浴びている間に食べて」

そう言われ、ありがたく頂いた。時間は午前七時、多分名波はシャワーを秒で終わらせるだろうから、寮に戻って身支度をすればギリギリで間に合う時間だ。

予想通り名波が秒で身支度を終えて濡れた髪でリビングにやってきた。

「俺の車で出勤しよう」

「は、はいっ」

車を持っていたのかと奈緒は驚いたが、今は急いでいるので黙っていた。名波は自分のパンを咥《くわ》えると、ペットボトルの水を冷蔵庫から出してバッグに入れる。

慌ただしく車に乗り込み、奈緒の寮まで辿り着く。名波はこのまま病院に出勤すると言い、奈緒に手を振った。

「遅刻するなよ」

「はい。いってらっしゃい」

名波の車が大学病院に向かうのを見届けて、奈緒は自室に急いだ。


朝から激しく交わったせいで少し気だるいけれど奈緒は絶好調だった。悩みだった名波との関係性が前進し、未来へ開かれた形になって、幸せを噛み締めていた。

朝のケアをする前に、夜勤帯で他の病棟から借りた備品を返すため三病棟に向かった。

三病棟には耳鼻科と小児科の患者が入院しており、朝一から安藤に会うかもしれないと思うと気詰まりだったが、そんなことも言っていられない。備品室に返却して、廊下にいた看護師に返却したことを伝える。

五病棟に戻りナースステーションの前を通りかかると中に安藤がいてギョッとする。

（えっ、なんで五階にいるの？）

こんな時間に他科の病棟を訪問する暇があるのかと驚いたが、多分自分を待っていたのだろうと思い素知らぬ顔で通り過ぎようとした。

しかし……背後から声をかけられて渋々足を止める。

「三浦さん！　会えてよかった。この前は食事の話ができなかったから、よかったら今日でもどうかな？」

どう断ろうかと思案していたのだが、今日ならキッパリと断れそうな気がしてきた。名波に知らせて一緒に話をしてもらうのもいいかもしれない。

奈緒は業務連絡をするような口調で安藤に提案した。

「お食事はちょっと……。あの、私もお話があるので、病院近くのコーヒーショップはいかがですか？」

「僕はゆっくりと食事がしたかったんだけど……わかった。じゃあ七時にコーヒーショップで！」

「はい」

手を握りかねない勢いで安藤は奈緒との約束を喜んでいる。

以前から感じていたことだが、安藤は他人との距離感を掴むことができない人なのかもしれない。これまでの安藤の態度を思い返し、奈緒はそう感じていた。

お弁当をコンビニで買い、休憩室で食べている際、名波にメッセージで知らせて安藤対策を練る。

これまで安藤には他の人と同様の態度しかとっていなかったのに、なぜか好かれているようなので、奈緒は安藤がまだ怖いこと、そして本当は心の底から嫌っていることをどう伝えたらいいのか迷っていた。

（怒らせてでも、本心を伝えるのがいいのかな……）

わかってもらうには、言葉を選んで正直に伝えることに尽きるのかもしれない。さらに名波に見守ってもらえれば恐怖心が和らぐ気がした。

ある意味これは、奈緒にとっては安藤への恐怖との戦いだ。

これが成功すれば、本当の意味で二年前の悪夢から抜け出せる。そんな気がした。

名波は時間を作ってコーヒーショップで見守ってくれることになった。仕事は忙しく走り回っている間に夜勤帯が近づいてきた。奈緒は申し送りをして更衣室に向かう。

コーヒーショップに向かう奈緒の心は、さながら戦場へ向かう戦士のようだった。

コーヒーショップは混んでいたが、ドリンクを買っている間に二人用のテーブルが空いたので急いで腰をかける。時間は約束の十五分前、安藤はまだ来ていない。名波は七時に来て店の別の席で見守ってくれる予定になっている。

安藤を待つ間、話す内容を復習していたのだが、気持ちが乱れて考えがまとまらない。安藤が昔のように急に怒鳴り始めたら……と考えると手が震えてくる。

小児科外来では安藤と二人っきりで話ができたのだから今日も大丈夫。奈緒は自分を鼓舞して安藤を待った。

七時が近づいた頃、店内が騒がしくなって顔を上げると、ドリンクを買う列の中に安藤がいるのに気がついた。

心臓がドッキーンと鼓動して、一瞬体が硬直する。奈緒は用心のためにスマホの録音機能をオンにして、深呼吸を繰り返し安藤がこちらに気がつくのを待った。

「三浦さん、お待たせ」

安藤が笑みを浮かべて奈緒のいる席にやって来た。

「お疲れさまです」

愛想笑いは封印して、仕事中と同じ挨拶を交わす。膝の上で揃えられた手は、緊張のあまり冷たくなっている。奈緒は安藤の表情や仕草にさりげなく意識を集中した。

「ようやく三浦さんと二人っきりで会えて嬉しい。その、僕の気持ちはわかってくれていると思うけど……」

そう言って奈緒の反応を上目遣いに探ってくる。その視線にどうしても嫌悪感が湧いてきて、奈緒の肩から腕にかけて鳥肌が立った。

「安藤先生が私を好きだということですか？」

強い口調で奈緒が言うと、安藤が少し鼻白む。

「今日の三浦さんはいつもと違うね。怒っているような感じだ。そんなんだと楽しく会話もできないなあ。今度から気を付けた方がいいよ。でも、僕が三浦さんを好きな気持ちは変わらないから安心して」

安藤が説教じみたことを言うが、奈緒はそれを無視して会話を続ける。

「今日私がお誘いに応じたのは、病院で『交際したい』と言われたことにきちんと返事をするためなんです」

「そうだね。できれば美味しい食事をしながら語り合いたかったけど」

固い口調の奈緒に対して、安藤は不思議なくらいリラックスして嬉しそうだ。ここにも奈緒が危惧した『人の気持ちに無関心な性質』が見え隠れするように思われる。

店内に視線を向けると、入り口近くの席に名波が座ってドリンクを飲んでいるのが見え一瞬目が合う。奈緒は体の強張りが消えるような安堵感《あんどかん》に包まれて勇気が出てきた。

「私は安藤先生と食事をする気はないんです。交際の申し込みもお断りします」

安藤の目をとらえて、はっきりと拒絶の言葉を告げた。

「えっ……？」

拒絶されるとは考えていなかったのか、安藤が目を丸くして奈緒を凝視する。

「だって……君は僕を許すと言ったじゃないか。それなのに、僕の申し出を断るの？」

「私は先生に過去にされたことを忘れるとは伝えましたが、それが交際をするほどの好意に繋がることは絶対にありません。同じ病院の職員として接することと、交際することの間には乖《かい》離《り》がありすぎます。それは理解いただきたいと思います」

「僕の申し出を断るって言うの？　ありえないんだけど」

安藤の本心が見えてきた。奈緒はここからが勝負だと気を引き締める。

「何故、ありえないと思われるんですか？」

「だって、僕は医者でかなりの優良物件だし、次期学部長が目前の米山教授とも親しい。しかも父親は元小児外科教授で大学病院にはまだ影響力があるんだよ。僕を振るなんてありえないと思うのは当然だろう？　三浦さんがそんなバカだとは思わなかった。逆にどうして僕を振るのか聞きたいくらいだ」

勝手なことを言ってくれる。心を入れ替えた安藤の化けの皮が剥《は》がれて、奈緒は正直残念だった。あの小児科での話し合いでは、安藤の改心を心から信じられたと思ったのに。

「安藤先生がそんなお考えだと知って残念です。先生を振る理由の一つは、私が先生を好きだと思えないからです。それから、私には結婚を約束した恋人がいます。ですから、お申し出をお断りしたんです」

「結婚……？　えっ、相手は誰なんだ？　いや、そんなの嘘なんだろう？」

「本当です。婚約者は名波涼一先生です」

奈緒は名波の名をはっきりと口にした。

それを聞いた安藤の顔が、一瞬恐怖に歪む。

「名波……？　本当に？」

「はい。ずっと名波先生が好きでしたが、再会できて今はお付き合いをしています。ですから、安藤先生とは絶対に付き合うことはありません」

ひどい言い方をしているのは自覚している。しかし、安藤には曖昧な言葉を伝えても響かない。奈緒は恐怖も忘れて、必死に言葉を選んで言い聞かせていた。

奈緒達の会話が漏れ聞こえたのか、近くの席の客がチラチラとこちらに視線を向けている。聞かれて嬉しい話ではないので、この辺で終わらせたほうが良さそうだ。

安藤は俯き何かを考えているが、奈緒はそろそろ席を立とうと思っていた。

「先生、ご理解頂けたなら私はこれで失礼します」

奈緒の言葉に安藤が顔を上げる。その表情は怒りをはらんでいて、奈緒は二年前を思い出して身が震えそうになった。

「従順で真面目なふりをして僕を騙《だま》したんだな。男がいるなんて言わなかったじゃないか」

安藤の思考回路は本当に不思議だ。奈緒はバッグを手にしたまま言葉を返す。

「私にとって安藤先生は同じ職場で働く医師にすぎません。もし私が大学病院の職員全員に『恋人がいます』といちいち宣言していたら、頭のおかしい人だと思われますよね？　先生の言われることは私には理解できません。私がいつ先生を騙したと？」

「それは……」

「私は誰にでも同じ態度で仕事をしているつもりです。廊下で会えば挨拶を交わしますし、丁寧な言葉を心がけています。そういった態度を先生は『好意』だと思われたのでしょうか？」

「……だって、あの時、君は僕を庇ったじゃないか！　病棟で僕が沢田さんに医療事故の事実を話そうとした時に必死で止めてくれた。あの時に僕は確信したんだ。君はずっと僕が好きだったんだって」

ずっと好きだった？　二年前のあの事件の頃から安藤を好きだと？　ありえない。奈緒はここまで勘違いされて、背中が恐ろしく冷えるのを感じた。あの時安藤の言葉を止めたのは、事件を蒸し返さないためと、沢田に事実を教える必要が全くなかったせいだ。

しかも、必死に止めたのは奈緒だけではなくて主任も一緒だった。そして、後から来た師長も医師を守るのに懸命だったのだ。

あれが安藤以外の誰であっても同じことをしただろう。

安藤の認識のズレは病的なものかもしれないと、奈緒の中で違和感から決定事項になった。

そういえば……山根さんに対する親切すぎる態度の理由も、熱心な小児科医というだけではなくて、ただ単に奈緒に会いたいから山根さんを利用していただけなのかもしれない？

もしかして公にされていないだけで、他の病院職員も安藤に対して違和感を持っているのではないだろうか。

『安藤には気をつけろ』

名波が必死に言ってくれていた理由の裏には、安藤の不可解な性分があったのかもしれない。

奈緒は最後にどうしても誤解を解きたくて言った。

「先生、誤解しないでください。あの時必死に止めたのは私だけではありません。主任が最初に止めたんですよ。それから、師長も懸命に後始末をしてくれました。想像ですけど、看護部長や他の方々も動いてくださったんだと思っています」

その時、奈緒の背に温かい手が添えられた。

「失礼」

名波だった。名波は奈緒の盾になって安藤に対峙《たいじ》する。安藤は名波を見ると、咄嗟に両肘を抱えて自分を守るような仕草をする。

無言で名波を見上げる安藤は、さっきまでの勢いは消えて、完全に名波に怯えていた。

「安藤君、経緯は全て知っている。俺の婚約者に今後一切付きまとうな。奈緒に不利益を与えるようなこともするな。わかったか？」

安藤は、首をコクコクと何度も上下に振って、名波の言葉に応えた。

「よし。じゃあ、奈緒行こうか」

「はい」

青い顔で椅子にへばりつく安藤を残し、名波と奈緒はコーヒーショップを後にした。二人は手を繋いで足早に歩道を歩く。

「奈緒、大丈夫か？」

「怖かった……涼一さん、ありがとう」

名波が後を振り返りつつ奈緒の肩を抱きしめる。

「知りたくもないと思うが、安藤はずっと俯いたままでテーブルから動かないよ。今夜は俺のマンションに泊まったほうがいい。ないとは思うが、寮に押しかけられたら危ない」

「……いいんですか？」

「うん。着替えをとりに一旦帰るか？」

「はい」

奈緒は名波の車で寮に向かった。

部屋に入り、貴重品や必要なものをトランクに入れていく。名波が一週間程度の着替えを用意しておいたほうがいいと言ったので、海外旅行をするみたいな荷物になった。

名波は寮の外で待ってくれていたが、奈緒は怖くてドキドキしていた。安藤が以前のような攻撃性を出せば、何をされるかわからないと思ったのだ。

しかし、名波が現れた後の安藤は、子供のように怯えていた。あれを見ると、これからは安藤に怯える必要はなさそうにも思えた。


今夜から明日一日、名波は休みをもらっており、それに合わせて奈緒も休暇を申請していた。これと言って用はなかったが、二人でゆっくりと過ごし外食も楽しもうと話していた。しかし、今夜は安藤との対決で疲れてしまい、食事に出る気にもならなかった。

デリバリーを頼むことになり、そこそこ美味しいと評判の寿司《すし》を名波が注文した。奈緒がキッチンでお茶を淹れていると、不意に名波がつぶやいた。

「なあ、いっそのこと、このマンションに越して来ないか？」

「えっ？」

コーヒーショップにいる時からずっと心配そうな面持ちだったのに、今は少し照れたような笑みを浮かべて一緒に暮らすことを提案している。

結婚を前提とした付き合いは、名波に申し込まれた時に同意している。しかし同棲となると、心ない人に何か言われそうで少々不安だ。

沢田に安藤との仲を疑われて騒動になった経験が不安を掻《か》き立《た》てる。しかも名波は院内で非常に人気がある。結婚してしまえば攻撃も受けないだろうが、先に同棲となるとどうだろうか？

一緒に住みたいのは山々だが、奈緒は少し返事を言《い》い淀《よど》んだ。

「あの……それは同棲ってことですか？」

やはりはっきり聞いておいたほうがいいと思い、奈緒はそう問いかけた。

「いや。その……入籍しないかってことなんだけど。ダメか？」

「入籍……」

互いの両親にも挨拶に行ってないし、奈緒はまだ香にも名波のことを話せてない。結婚を考えてほしいと言われた際快諾したけれど、それはまだ先の事だと思っていた。

「安藤封じもあるんだけど、俺が奈緒と一緒にいたいって気持ちが日に日に強くなっているんだ。なぁダメか？　一緒に寝て、目覚めて、俺がたまに病院に呼ばれることもあるし、当番もあるけど、家に帰れば奈緒がいるって生活が一番しっくり来るんだ。俺はもう二度と奈緒と離れ離れになりたくない。明日にでも区役所に行って書類をもらって来ないか？　ついでに俺の両親に合わせたい。奈緒のご両親にも都合を聞いてくれると嬉しい」

名波が滔々《とうとう》と話すものだから、奈緒は呆気に取られて聞いていた。奈緒が入籍すれば、安藤の執着から逃れられるのだろうか？　同僚医師の妻に何か悪いことを仕掛けることは普通の人はしないと思うが、安藤なので油断はできない。

しかし、奈緒は名波の気持ちが嬉しかった。どこまでも奈緒を一番に考えてくれる。それが名波を不利な立場にはしないのか、それだけが心配だった。

「涼一さん、私と結婚したとして、何か立場が悪くなるなんてことはないですか？」

「ない。全くないし、俺にとっては良いことだらけだ」

「……」

ドヤ顔で名波は言い切った。そこまで言われては、奈緒は『はい』と言うしかない。

「ありがとう……入籍、したいです。両親にいつ挨拶に行ったらいいか聞いてみます」

「よかった。奈緒、ありがとう」

話が終わった頃にデリバリーが届いて、二人は寿司とビールで結婚の前祝いをしたのだった。

翌日は朝から身支度をして、まずは近くのカフェまで歩いて朝食を摂ることにした。

そのカフェはテラス席もある優雅な雰囲気の店で、雑誌にも度々掲載されているらしい。奈緒達は店内の窓際の席に案内された。

美味しそうなモーニングメニューから、奈緒はカフェラテのホットにパンとスープのセット、名波はハンバーガープレートとコーヒーのホットを頼んだ。

出かける前に名波が両親の家に電話をしたのだが、食事を待つ間にその話になった。

「十一時に約束したから、朝食が終わったら区役所で婚姻届をもらって、そのまま実家に行こう」

「はい。そういえば私、涼一さんが車を持っていたので驚きました」

持っていてもおかしくはないのだが、二年も外国にいたので、帰国したてで買ったのかと思ったのだ。しかし、そうではないようで……。

「あれさ、数日前にやっと戻ってきたんだよ。実は俺がアメリカに行っている間に実家に預けていたんだけど、お袋が勝手に乗り回してボコボコにされたんだ。買い替えるのも面倒で、帰国早々修理に出した」

「ボコボコ……」

名波の母親はワイルドな人なのだろうか？　ちなみに車種は外国製のＳＵＶでかなり大きいので、女性がボコボコにするまで乗り回したと聞いて余計に驚いてしまう。

「病院へはタクシーを使ったほうが楽だから、なくても不便ではなかったけど、奈緒と一緒に出勤するんなら車通勤でもいいな」

名波と出勤する姿を想像してちょっぴり嬉しくなったが、奈緒は自分が運転したくてウズウズしてきた。しかしそんなことを今はおくびにも見せず微笑んだ。

「そうですね。涼一さんが運転してくれるのなら一緒に出勤したいです」

「奈緒は免許は持っているのか？」

「はい。軽自動車を実家に置いています」

「そうか？　俺の車も練習すれば乗れるんじゃないか？　でも無理強いはしないよ」

「はい。広い場所で一度くらいは練習したいかな？」

「うん。俺が助手席に乗るから」

もうその辺で車好きを白状したくてうずうずしていたのだが、ウエイターが食事を運んできたので車の話は終わった。

奈緒のスープとパンは木のプレートに載っていて、サラダも添えられている。彩りが美しく、美味しそうだ。

名波のハンバーガーには細いポテトフライが添えられていて、ボリュームたっぷりでものすごく美味しそうに見える。

（私も頑張ったら食べられそう）

「いただきまーす」

二人で食べ始めたのだが、驚いたことに名波はハンバーガーをナイフとフォークを使って優雅に食べ始めた。

奈緒はハンバーガーを食べる時はかぶりつくので、名波の食べ方が新鮮だった。食事をしながらチラチラとみているると、ポテトは指でつまんで食べている。

名波の食事の所作が上品で、少し独特なのが素敵だと感じた。

結婚したら、名波の色々な個性を知ることができるのかと想像して胸が弾む。今日会えるはずの名波の両親もどんな人達なのか、緊張しつつも楽しみになってきた。


食事が終わりマンションの駐車場で名波の愛車に乗り込んだ。車はドイツ製で右ハンドルなので奈緒は自分でも運転できそうだとワクワクしている。

助手席から名波のハンドル捌《さば》きやメーターパネルのデザイン、ハンドルの隣のタッチパネルなど、見ているだけで楽しい。

区役所を出て車は首都高速を走り、二十分ほどで名波の実家に着いた。

名波の実家は高級住宅街の一角にあり、あたりは閑静な……というよりは、塀が高く、物々しい雰囲気を醸している。

さすがに奈緒も、名波の実家がとんでもなく裕福な家なのではないかと思い始めていた。

住宅街の中でも広い敷地の門の中に車は入っていく。中には松林があり、その奥に住宅、住宅の右手に古い石造りの建物が松に守られるように建っている。奈緒は車窓からそれを見つけて名波に問いかける。

「涼一さん、あの石の建物は何ですか？」

「あれは昔の病院だよ。大正時代だったかな？　俺の何代か前の先祖が建てた病院で、今は親父が綺麗に修復して保存している」

「へぇ……。涼一さんのお宅は代々お医者様なんですか？」

「うん。大昔はこの地区で医者をしていたけど、祖父《じい》さんの時代から雇われ医者になったみたいだ。病院経営よりも多くの手術をこなしたいとか、そんな欲があったんだろうな」

「へえ……」

安藤は自分の父が元教授だと奈緒に自慢していたが、名波は代々医者だと聞かれるまで言わない。もし安藤が名波の家系を知ったら卒倒するのではないかしら？　と奈緒は少し意地の悪い考えに浸っていた。

駐車場に車を停《と》めると、二人は手を繋いで二階建ての住宅の中に入っていく。家はそんなに大きくないけれど、敷地の広さが異常だ。静かな住宅街の中にあって、森を感じるというか、桁違いな豊かさを目のあたりにして奈緒は少々怖気づいてきた。

（『あなたなんかウチの嫁に相応《ふさわ》しくないわ』なんて言われたらどうしよう）

奈緒の心配には気がつかない名波は、廊下をずんずん進む。

奈緒はそこでお土産の一つも持参していないことに気がつき、自分の気の利かなさに絶望した。

「涼一さん、お土産を持ってきてないです」

「いいよ。ウチはお上品な家でもないし、そんなの気にしないから」

(何を言っているの？　上品なお家だと思いますよ)

そう思うけれど、何も言えない。奈緒は名波に背を押されて部屋に足を踏み入れた。

そこはリビングダイニングで、窓際のソファーに腰をかけて雑誌を眺めている男性が一人いた。

「父さん」

名波の声に男性がこちらを振り返り、雑誌をテーブルに置き立ち上がる。

「涼一、久しぶりだな。こちらがお前の彼女か？」

「奈緒、父だ。父さん、こちらが三浦奈緒さん。俺たち結婚することにした」

「そうか。まあ座れ。母さんを呼んでくるから」

久々に会った親子の会話にしてはあっさりしすぎな感じはあるが、まぁ普通に良好な関係に見える。奈緒は名波に勧められるまま、ソファーに腰をかける。

しばらくすると階段を軽快に下りる音がして、名波の母親と思われる女性があらわれた。名波の年齢から計算すると、若く見積もっても五十代のはずだが、どう見ても四十そこそこにしか見えない。バラの花のような美貌の女性だが、この人が名波の車をボコボコにした張本人なのだろうか？

「涼一、久しぶりねー。三浦さん？　はじめまして、涼一の母の玲《れい》です。来てくれて嬉しいわ」

「は、はじめまして。三浦奈緒と申します。この度は突然お邪魔して申し訳ありません」

「あらー良いのよ。こんなことでもないと涼一は帰ってこないんだから。お茶でも淹れるわ、座っていて」

「すみません。ありがとうございます」

ソファーに腰をかけると、向かいに名波の父が座りニコニコしながらこちらを見ている。

名波の父親のイメージとは少し違っていたが、なんとも癒《いや》し系《けい》の男性だ。こんなドクターなら、悩みも言い出し易《やす》いだろう。

美しい磁器に淹れられた紅茶と菓子がテーブルに置かれる。白磁にブルーのティーカップはヨーロッパの有名ブランドだ。緊張しながらお茶を頂いていると、名波が早速婚姻届の証人欄に記入をしてほしいと父に頼んでいる。

「ここか？　おい、万年筆と印鑑をくれ」

「万年筆と印鑑はあそこの引き出しにあるわ。あなた、なんでも自分で動かないと、後期高齢者になったときには寝たきりになりますよ」

「それもそうだな」

妻につっこまれ、名波の父は笑って立ち上がる。奈緒は二人の関係性が素敵だと感じた。

夫が書いている間、玲は目をキラキラさせて奈緒に問いかける。

「奈緒さん、涼一の好きなところってどこ？　あ、外見はなしよ」

いきなりの質問に奈緒は目を泳がせる。こんなところで名波の惚気《のろけ》を言うなんて、羞恥プレイに近い気がする。当たり障りのない返事を探していると、名波が母親を制した。

「母さん、俺の良いところなんて『全部』に決まっているだろう」

「あなたが答えたらつまらないじゃないの。あ、じゃあ嫌いなところは？　私はねぇ、靴下が臭いところが嫌いなのよね」

「……あのさ、生き物だから、臭いのは当然なの。奈緒がどう反応していいか困っているだろう。そういうの、頼むからやめて」

最初は名波の母の勢いに押され気味になっていたが、親子の会話はコントを見ているみたいで面白く、名波の家庭はものすごく健全で、だからこそ自分は名波が好きなのだと奈緒は気がついた。

「あの……さっきの質問はまだ有効ですか？」

「有効よ！　奈緒さん、教えてくれるの？」

「はい。あの……抽象的ですけど、太陽の下を懸命に歩いている方で、しかも影の部分とかそういう所もちゃんとわかっている……そういう所が好きです。とにかく、どんな場面に遭遇しても、胆力があるから決断が早い所も素晴らしいと思っています。嫌いな所は……思いつかないです」

奈緒の言葉に名波の母がニンマリとした表情になり、手元の菓子を切り分け奈緒に渡す。

「奈緒さん、このケーキ美味しいのよ。食べてみて」

「はい、いただきます」

証人欄を書いてもらい、奈緒と名波は邸宅を後にした。車の中で名波が奈緒に母親の行動の詫びを言うが、奈緒が大きく首を横に振った。

「涼一さんのお母さま、エネルギッシュで素敵だと思います。お父さまはイメージと違って穏やかそうな方で、良いご夫婦だと思いました。あの、それよりもご実家の敷地が広すぎて……中でキャンプができそうですね」

「キャンプか？　したことないけど、秋には栗拾いができるぞ。ああ、春には桜の花見も」

「素敵です」

喜ぶ奈緒に、名波が申し訳なさそうに告げる。

「今更だけど、俺は一人っ子だから、嫌でもあの家を継ぐことになるんだよ。そこんとこ覚悟してくれるとありがたい」

「そ、そうですか。はぁ……」

すごい財産だろうから喜ぶ人もいるかもしれないが、あれだけの敷地と建物を維持管理するのは経済的にも大変だろう。

一気に肩に大きな荷物がのしかかった気がしないでもない。

しかし、継ぐのは名波なので、彼のすることに従えばよいかと奈緒はわりと楽観的だ。


奈緒の両親には後日挨拶に行くことになり、ランチと買い物をするので人気の商業施設に向かう。ランチのパスタをさっと食べて、買い物をするためにインテリアショップに向かった。

名波の提案で、二人暮らしを快適にするためにまずはベッドリネンを変えることにした。今のリネンは男性的な色で、それも素敵なのだがもっと柔らかい素材と色に変更する予定だ。

それから室内履きを揃えることと、食器の追加だ。

奈緒は、これからの生活に若干の不安もあるものの、とにかくワクワクしていた。名波と毎日一緒にいられるのが嬉しくて仕方がない。それは名波も同じようで、奈緒が興味を示して商品を見ているとずっと寄り添って離れない。

「この素材は……シルクと綿の混合で柔らかいんですって。サラサラの麻とどちらがいいですか？」

「初夏には麻だけど、肌寒くなると柔らかいシーツがいいから両方買おう」

「両方ですか？」

このリネンは高級品で、両方買うとかなりの金額になるので奈緒が尻込みをした。するとと、名波はスタスタと会計に持参して、財布を出した奈緒を制しカードで支払ってしまった。

ショップバッグを持った名波は、カードをそのまま奈緒に渡して笑顔で告げる。

「二人の生活全般はこのカードで支払うから奈緒が管理してくれ。帰ったら通帳も渡しておく」

「えっ？」

「夫婦になるんだから当然だろう？　さあ、次は食器だ」

「じ、じゃあ、私が管理……させていただきます」

名波からカードを簡単に渡されて、奈緒はちょっと怖くなった。もちろん、奈緒の母は家計を全部自分で管理していた。でもほかの家庭ではどうしているのだろうか？　機会があれば職場の人に聞いてみようと思った。

商業施設での買い物を終え、帰りにスーパーに寄り食料を買い込む。その後マンションに二人で戻る。

買い物を冷蔵庫に入れ、お茶を飲むために湯を沸かしながら、昨日からの目まぐるしい生活の変化を思い返す。

安藤との対決。これはまだ安藤が納得していない可能性がゼロではないから油断はできない。

そして、名波からの入籍の提案とご両親への挨拶。

週末には時間をとって奈緒の両親に報告に行き、その後入籍はよき日を選んで行う予定だ。

このマンションで暮らすことになったから、寮を引き払うことを総務に伝えなくてはいけない。それと、入籍してから主任と師長に報告と色々な書類の提出。奈緒の銀行関係やさまざまなものの氏名と住所変更など……。

（はぁ……。盛り沢山だわ、頑張らなきゃ）

入籍後に仕事でミスなんかしたら、名波に迷惑がかかる。奈緒はこれからの仕事に、身が引き締まる思いだった。

翌朝、名波の運転で出勤をする車内で、奈緒は一つだけお願いをした。

「涼一さん、入籍後も私のことは苗字《みょうじ》で呼んでくださいね。下の名前で呼ばれるのは恥ずかしいです」

「俺が『名波さん』って呼ぶんだな？　ちょっと妙な気分だけど仕方ないな。でも、つい間違って奈緒って呼んでも怒るなよ」

「はい。そこはお互い様なので」

奈緒が真面目な顔でそう言うと、名波は腕を伸ばして奈緒の髪の毛をクシャと撫で、優しい声で励ます。

「今日も頑張ろうな。安藤が病棟に来たら、できるだけ避けて俺に連絡をくれ。用心するんだぞ。昼は食堂で一緒にランチを摂ろう」

「はい」

就業時間になった。

深夜勤務の看護師から申し送りをしてもらい、患者のバイタル計測やケアに向かう。安藤のことは、業務上実害がないので上司に相談したところで理解は得られないだろうと奈緒は考えていた。

だからこそ用心が必要で、奈緒は緊張しつつ仕事をしていた。

それでも、忙しくなると些細なことはどこかに飛んでしまうので、結局必死に仕事に集中して歩き回っていた。

準夜勤の仕事をしている香には、まだ名波のことを話せていなかったので、昨夜短文でメッセージを送るとかなり驚かれた。何度かメッセージをやり取りし、祝福の言葉をもらって奈緒はホッとしたのだった。

いつか香と名波と三人で食事をしたいなぁと思っていた。

奈緒が患者の昼食の配膳を終えてナースステーションに戻りパソコンに入力をしていると、戻ってきた主任が奈緒に声をかける。

「ねえ三浦さん、今朝安藤先生を見かけたんだけど、小児はウチに入院してないわよね？」

「はい。そんな患者さん今はいないです。安藤先生はいつ頃来られたんですか？」

奈緒は内心でドキドキしながら主任と会話を続ける。

「八時前かな。それがね、声をかけたら返事もしないで病棟から出て行ったのよ。ちょっと様子が変だったわ」

主任が『変』と言うのなら安藤は確実におかしくなっているのかもしれない。奈緒は何か問題が起こる前に、思い切って主任に相談することにした。

「主任、ご相談したいことがあるんですけど、今日のランチを職員食堂でご一緒できないですか？」

「ああ良いわよ。十分ほど遅れるけど先に行っててくれる」

「あの、一人同席しても大丈夫ですか？」

「ん？　良いわよ」

(良かった……これで涼一さんとのことと安藤先生のこと両方を報告できるかも)

奈緒はランチの時間になると名波にメッセージを送って食堂に向かった。名波はすでに食事をしているとのことで、奈緒は急いで向かった。

日替わり定食をトレーに載せて名波を探すと、窓際の席に一人で食事をしていた。その周りの職員はチラチラと名波に視線を向けている。

(うっ……行きにくいなぁ。でも仕方ない、行こう)

奈緒は勇気を出して名波のもとに向かう。辿り着く前に名波が奈緒に気がついて手を挙げる。

奈緒は微笑んでテーブルにトレーを置いた。

「お疲れさまです、お待たせしました。あのね、朝早くに安藤先生がウチの病棟をうろついていたらしいの。主任にもう相談してしまおうと思って、ランチにお誘いしました」

「安藤が五病棟に？　アイツ……すごい粘着だな」

「私いつもは寮から早めに出勤するから、涼一さんと一緒に出勤してなかったら捕まっていたかも」

「これは更に手を打った方がいいな。さて、どうするか」

「主任に相談しましょう。もうすぐ来られます。それと入籍もお話ししようかと……」

「うん、それは俺から話すよ」

「はい」

なんでも自分で抱えなくていいのだ。名波が話してくれると聞いて奈緒の肩の荷が半分軽くなった。

ふと視線を感じて顔を上げると、周りの職員達が奈緒と名波に注目していた。奈緒は頬が熱くなるのを堪えてランチを頂いていると、名波が今日の予定を報告してくれる。

「今夜は面倒な手術だから遅くなる。先に食事も風呂も済ませてくれ。多分九時前後には戻れると思う。戻ってから奈緒の手料理を食べるから」

「はい。じゃあ消化の良いものを作っておきますね」

「うん、頼む」

そんな話をしていると、主任が入ってくるのが見えたので奈緒は立ち上がって手を挙げる。

主任はすぐに気がついてテーブルにやってきた。

「お待たせ！　えっ、名波先生も一緒？　珍しいわね」

主任が素で驚いている。名波は微かに笑って席を勧める。

「どうぞかけてください。今日は三浦くんが主任に相談があるそうなので、私も同席しました」

「そ、そうなんですか？　名波先生と一緒のテーブルって緊張するわ」

主任が奈緒に笑いかける。

「すみません、早急にご相談したいことがありまして、その前に……」

奈緒の言葉を名波が引き継いで、さりげなく会話を続ける。

「私と三浦くんですが、近々入籍することになりました。今は私のマンションで一緒に暮らしています。後で三浦くんが師長にも報告しますが、今回先に主任にお話ししたのは、安藤医師が三浦くんに執着心を持っていることがわかりまして、その相談も兼ねてのことです。あとは、奈緒……三浦くんが話しますので」

名波の話の途中から、主任は驚愕の表情になり手で口を押さえて奈緒と名波に何度も視線を向ける。驚いて声が出ないようだ。

名波は言いたいことだけ言うと、トレーを手に席を立つ。

「奈緒、俺は行くが大丈夫か？」

「はい大丈夫です。行ってらっしゃい」

名波が去っていくと、主任が大きな息を吐いて手をパチンと叩いた。

「もーびっくりしちゃった！　二人とも、そんなそぶりが全然ないんだもの。三浦さんおめでとう！　すごいびっくりよ」

「すみません、驚かせちゃって。本当は主任と師長お揃いのところでご報告したかったんですけど、何せ正直安藤先生のことで困っているんです」

「……安藤先生？　一体何があったの？」

「はい……まずはランチを食べてからの方がいいですよね。主任お弁当ですか？」

「そう、お弁当。でも、三浦さんの入籍に驚きすぎて弁当食べるどころじゃないかも」

「……そうですよね。私も話が急だったので驚いています」

「何それ他人事みたいに！」

主任は笑顔で祝福してくれ、喜んでくれる。でも、このあと安藤の話をしたらきっと笑顔が消えてしまうことだろう。奈緒は安藤との会話を録音したスマホをテーブルに置き、これから話すことを頭の中でまとめていた。

食事を終えると、主任から場所を変えて話そうと言われ、総務の小会議室に向かった。食堂では誰の目があるかわからないし、かといって病棟は安藤が用もないのにやってくるので用心してのことだった。

奈緒はまず沢田の騒動から後の経緯を伝え、その後録音した内容を聞いてもらった。録音した音声を聞いている内に主任の顔が曇る。

「これ……今朝の様子を見ても、安藤先生の精神状態が危うい気がするわね。師長に相談して指示を仰ぐけど、小児科の看護師や他にも内密に聞き取りをしてみるわ。それにしても……三浦さん、仕事中だから難しいだろうけど気を付けてね」

「すみません。よろしくお願いします。実は今回の名波先生との同居を急いだのも、寮にいることを安藤先生に知られているかもしれないので、何かあってからでは遅いという理由からなんです」

「そうだったのね。さすが名波先生は頼りになるわね。三浦さんが寮を留守にしていることは、まだ総務にも言わない方がいいかもね。これも師長に相談するわ」

「はい。主任、色々とありがとうございます」

「名波先生のことは入籍までは公表しない方がいいのよね？　食堂で一緒にいたから、すでに噂になっているかもしれないし、安藤先生が広める可能性もゼロではないけど」

「できるだけ目立ちたくないので……。入籍したら、またご報告します」

録音したデータをネットワーク管理室でＵＳＢに保存してもらい、奈緒は主任と病棟に戻った。

奈緒は仕事をしながら、気持ちが落ちてくるのを感じて悲しくなってきた。

良い職場、良い上司に恵まれて仕事に集中できると喜んだところだったのに、今回もまた安藤のせいで面倒なことになってしまった。

入職早々に安藤に呼び出された時、相手にしなければよかったのだろうか？　いや、それはそれで厄介なことになっていたに違いない。

やはりいくら取り繕っても、彼の本性はあのドス黒い顔で奈緒を怒鳴りつけて自分の過ちをなすり付けた時のままなのだろう。

結局、師長や看護部長までも煩わすことになって申し訳ない。

沢田といい、安藤といい、自分には何か人につけ込まれるようなところがあるのだろうか？

奈緒は真面目な性格なだけに、自分に降りかかる災難は自分のせいだと思い込む傾向があるが、せめて安藤には、自分のことをスッパリ諦めてほしいと願うばかりだ。

就業時間が終わり、奈緒は贅沢《ぜいたく》だと思ったが、タクシーでマンションに戻ることにした。名波から、安全のためにタクシーを使うように言われていたのだ。

夕食を一人で食べるのはやはり味気ない。しかし普通のサラリーマンと結婚するわけではないので、慣れなくてはいけない。二年間ひとりぼっちだったのに、名波といることの心地よさを知ってしまうと、途端に一人が寂しくなる。

人はどこまでも貪欲になれる生き物なのかもしれない。

奈緒は食事を終えると風呂に入り、自分の部屋になった洋室に置く家具や雑貨をスマートフォンで物色していた。

すると、夜勤をしている香からメッセージが届いているのに気が付いた。

『びっくり！　夜勤してたら安藤先生が来て奈緒を探していたよ。どういうこと？』

「えっ……？」

メッセージを読んで思わず大きな声を出してしまった。日勤時に会えなかったから夜勤だと思って病棟をうろついていたのだろうか？　奈緒はその旨を師長と主任に院内メールで報告するように香に頼んだ。今回の安藤の騒動をまだ知らせていなかったので、そのこともかいつまんでメッセージで知らせておくことにした。

香に会えていないので、色々話せないのがもどかしい。

しばらくして、休憩に入ったのか香から返信があった。

『了解！　安藤やばいね。奈緒が心配』

少しの情報で状況を理解してくれる。やっぱり香は頼りになる。奈緒は友の存在に救われる思いがした。

帰宅し名波に食事を出しダイニングテーブルで今日の報告をする。

主任に相談したらちゃんと理解してもらったことを話し、香からのメッセージを伝えると、名波が驚いて箸を置く。

「夜勤帯に奈緒を探しに来たって？　俺の脅しも効かなかったたってことか？　安藤の奴《やつ》、薄気味悪いな……。奈緒がキッパリと振ったのに、なんでいつまでも執着するんだろう？」

思案げな表情の名波は、奈緒に視線を戻すと途端に優しい眼差しに変わる。

「奈緒、大丈夫か？　俺から師長に話すから、少し休暇を取ったらどうだ？」

「大丈夫です。あんな人のために休むなんて、ありえない」

鼻息荒い奈緒を見つめる名波は心配げだ。

「この前は俺に怯えていたけど、元来アイツは利己的な人間だ。体力的に自分より劣った人間には攻撃的にもなる。奈緒、くれぐれも戦いを挑んだりしないでくれ。見かければ逃げるに限る。な、約束してくれ、必ず逃げると」

「……はい」

奈緒だって安藤と戦う無謀な勇気は持ち合わせていないし、先日のコーヒーショップで対安藤への気力は使い果たした気がする。

本当は、ほとぼりが覚めるまで名波の元で隠れていたいが、それでは大学病院に勤務を決めた意味がなくなってしまう。

「涼一さん、私、病院に行ったら安藤先生のことはシャットアウトして仕事に集中します」

「うん。看護部がどう判断するのかが心配だけどな。俺も動くから、踏ん張ってくれ」

名波が風呂に入ったので、奈緒はカーテンを閉め切りリビングを暗くして穏やかな音楽をかけた。

本当はキャンドルやリラックスグッズを使いたいが、残念ながらまだ寮に置いたままだ。取りに行きたいが、今は我慢をしたほうがいい。

鎮静効果のあるラベンダーのボディークリームを腕に塗り、目を閉じて香りを味わうとジワジワと涙が溢れてくる。

(なんで私ばかり……？)

どうして私がこんな目に遭ってしまうのか……と、悲観的な思考がループする。奈緒は涙を流れるにまかせて闇の中を漂った。窓の外には三日月がぼんやりと顔を見せているはずだが、そんな微かな光源さえも今は見たくない。

目を閉じている内に、いつしか奈緒は眠り込んでいた。


ベッドの軋む音と、頬を撫でる感触で奈緒は目覚めた。ゆっくりと瞼を開けると笑みを浮かべる名波と目が合う。

「えっ……？」

「リビングで寝ていたから抱いてきたんだけど起こしちゃったね」

「ごめんなさい。私ったら……」

隣に横たわった名波に片手で引き寄せられて、優しく抱きしめられる。

「色々あったから疲れたんだろう」

名波の胸に息がかかるほどに密着したまま背中をソフトなタッチで撫でられて、奈緒の口からため息が漏れる。

「寮では眠る前に暗くしてアロマキャンドルを焚《た》いたりするんですけど、その真似事《まねごと》をしていました。そしたら気持ち良すぎて寝ちゃったみたいです」

「アロマキャンドルか、良いな。今度買いに行こうか？」

「寮に沢山置いてきたので、まだ買わなくても大丈夫です」

「そうか？」

「はい」

島にいる時、名波とこんなふうにくっ付いて眠ることができたら……と夢想したことがあった。それが今現実となっている幸せをしみじみと味わう。

話をしながらも、名波の手が背中からヒップへと移動して撫でる力が癒しとは違う感覚を奈緒にもたらす。それに気が付かないふりをして奈緒は会話を続けた。

「私……」

「ん？」

「涼一さんとこんな風に穏やかに過ごせるなんて、夢みたいです」

「俺も夢みたいだ。奈緒が消えてからずっとこんな毎日を求めていたよ」

今だけは安藤のことなんかすっかり忘れて、名波と奈緒は世界で二人だけの空間で見つめ合う。

やがて唇が塞がれ、舌を絡ませて互いの息を奪い合う。名波の息遣いが荒いものに変わっていき、両手は忙しなく奈緒の体を弄る。

「奈緒、大丈夫？」

体調を心配してくれるけれど、今この状態で止められたら多分眠れない。奈緒は名波の首に腕を回してしがみついた。

唇を重ねたまま体を押し付けて、全身で『抱いて』と伝える。二年前のあの時は、それを口にして名波の理性を奪った。

でも、今夜は何も言わなくてもわかってくれるに違いない。

「奈緒……」

押し付けた部分に硬く熱い剛直が当たり、足の間が甘く戦慄く。名波の手はパジャマの中に滑り込んで、下着をつけていない膨らみを包み込む。

やわやわと揉まれ、乳輪が粟立《あわだ》っていく。尖り始めた先端が指で弾かれて、腰がビクッと跳ね快楽への期待で胸が甘く震えてくる。

パジャマのボタンが外され前がはだけると、剥き出しの肩を甘噛みされただけで背中にゾクゾクッと震えが走る。

肩から鎖骨へ熱い唇が押し付けられ、やがて乳房に赤い跡が付けられていく。

先端が口に含まれ、まるで飢えた人が甘い蜜を飲んでいるみたいに執拗に吸われ、快感で首が仰け反り声が漏れる。

「んんっ、あぁ……っ」

音を立てて吸われ舌で嬲られて、先端が赤く色づき硬く尖っていく。いつもは淡いピンク色の尖りが、まるで熟れた果実のように乳輪ごと色を濃くしていく。乳房への愛撫を続ける名波が欲情した表情で奈緒を見上げていた。

「……っ！」

その眼差しに込められた熱を感じて、奈緒の白い体に血色が増していく。身体中にキスが落とされ、跡を付けられるたびに奈緒は身を捩って喘いだ。

パジャマのズボンをずり下げ、指がショーツの中に入っていく。クロッチの脇から入ってきた指は蜜口に触れ愛液が溢れていることを確認すると、クプン……と中指が埋められる。

すっかり潤んでいたそこは難なく指を受け入れ、中壁を擦られると指を締め付け震え続ける。

奈緒は堪えきれなくなって、鼻にかかった甘い喘ぎを漏らす。

「んっ、んっ、んん……っ」

「奈緒、嫌なことは忘れて、思いっきり感じて……」

「ん……っ、うぅ……っ」

名波が耳元で囁くけれど、深い低音が頭蓋に響いて、言葉通り何も考えられなくなる。乳首が甘噛みされて、快感で腰がヒクつく。

部屋の中が暗いせいか、今夜は特に感覚が研ぎ澄まされて、何をされてもひどく感じてしまう。膣中の指が抽送を繰り返し、クチュクチュと愛液をかき混ぜる。ベッドのシーツはしとどに濡れて、奈緒は愉悦に背を反らせて喘ぐ。

「あっ、あぁ……っ、やぁっ、そこ……っ、や、きつくしないで……っ」

「ここか？　あぁ……奈緒、指を中が締め付けているの、わかる？」

名波の問いに必死に頷くと、一番感じる場所で指がクイっと曲げられ、奈緒は突然の激しい快感に声をあげる。

「あぁぁッ！　あ、もぉ……ッ」

小さく腰を震わせて、奈緒は達した。

「はぁ……っ」

脱力していると、避妊具を装着した名波が腰に馬乗りになった。

「挿れるよ」

「ん……きて……」

とば口に屹立を押し当て、そのまま腰をグイッと進める。愛液で泥濘《ぬかる》んだ膣道は、すぐさま屹立を飲み込み絡みつく。

楔で一気に貫かれて、激しい快感に肌が泡立つ。愉悦に体が震え、もっとくっ付きたくて無意識に腰がせり上がり、甘い声を漏らす。

「あぁ……っ」

浅いところで腰を揺らせて中壁を小刻みに突かれ、白い乳房が揺れてこぼれ落ちそう。

「あっ、あっ、あ、はぁ……っ」

浅い突きを繰り返しながら、両の乳房を無骨な手で握られヤワヤワと揉まれる。

時折指で先端が捏ねられ、熱いような愉悦に腰がガクガクと震える。

「あっ、あぁッ、はぁん、やぁ……気持ちいい……っ」

「奈緒、もっと気持ちよくなりたい？」

耳朶を舌で嬲られ、耳元で囁かれると、それだけで快感が生まれ、中壁がキュンと楔をしめつける。

「んっ、んっ、んんっ……うん……っ、もっと……気持ちよくなりた……」

抜く寸前まで腰が引かれ、中壁を抉るように一気に突き上げられると、奈緒の意思とは関係なく襞が戦慄き硬い楔に絡みつく。

「んぁ……っ！」

抽送を繰り返すたびに卑猥な水音とゴムの擦れる音が耳に届き、互いの興奮を助長する。

「あっ、あっ、あぁん、あ、やぁ……ッ！」

奥を何度も突かれていると、苦しい感覚の中に愉悦が生まれ腰が甘く蕩《とろ》けていく。

「あぁ、あっ、あっ、ぁんん……っ」

「あぁ……奈緒、すごく締まってる。ここがイイの?」

ズンッ! と奥を突かれゴリゴリと最奥が擦られると、脳天が溶けるような快感に襲われ返事ができない。

「ぁう……」

中襞が楔に絡みつき、離すまいと締め付けていく。奈緒の背がしなり腰が隙間なく押し付けられた。

「うっ……よすぎて、……っ」

閉じていた目を開けると、名波が愉悦に顔を歪ませて耐えている。そのまま腰を軽く引き、また奥を抉っていく。爆発しそうな快感を堪え、何度も抽送を繰り返され、奈緒はいつしか嬌声を上げていた。腰がぶつかり全身が汗と愛液に塗れ、動物のように快楽を貪る。

「あっ、や……っ、そこぉ……っ、あっ、あっ、あっ、や、ひぅッ! あぁぁ――」

最後にグイッと抉るように楔を打ち込まれ、奈緒は激しく達した。

名波の剛直が中で痙攣して、精がゴムの中に放たれるのを感じる。

名波はブルルッと身体を震わせ、目を閉じて激しい快感を味わっている。

「……っ、……はぁ」

名波が大きな息を吐き、ゾロリ……と剛直を抜くと、隘路が蠢《うごめ》き奈緒の腰が快感に震える。

「んっ……」

どれだけ貪欲なのだろうと呆れるほどに、身体は快感を求めて震える。

やがて名波が隣に身体を横たえると、奈緒の首の下に腕を差し入れて肩を抱き寄せる。いつもそう、行為の終わった後は奈緒を抱きしめてそのまま意識を手放す。

そんな名波の無意識の動きを奈緒もわかっていて、横向きに横たわり名波の胸に顔を埋めた。

第九章　安藤の乱心

不安を孕《はら》んだ生活が一週間ほど続いた土曜日のこと。

あれから奈緒は名波のマンションで過ごしていた。今日奈緒は休みで、名波は病棟からの電話で朝から病院に出ているが、昼頃には帰ってくるだろう。

「そろそろ昼食をつくろうかな」

冷蔵庫にあるもので簡単に一品作って、あとは作り置きの副菜と味噌汁《みそしる》で済まそうと考えながらキッチンに立っていた。

すると、奈緒のスマホに着信があった。相手は寮の管理者からだった。

(なんだろう？)

不思議に思いながら応答すると、管理人さんの不機嫌そうな声が響く。

「三浦さん？　寮の管理室です。実は隣の住人から苦情があって電話しているんですけど、部屋に男性を入れています？　女子寮なので、男性を部屋に入れてはいけないのと、声や音がうるさいので静かにしてもらえますか」

「え……？　す、すみません。私は寮にはいないんですけど」

「は？」

管理人の女性が呆れたような声を出す。

「でも、昨夜から実際に三浦さんの部屋から男性の声とドンドンと壁を叩くような音が聞こえてくるそうですよ」

「本当に私の部屋ですか？　今お話ししたように、私は一週間ほど寮には戻っていないんです」

「……おかしいですね。私も先ほど部屋の前まで行って音は確認しているんですよ。チャイムを鳴らしても返答がないのでこうして電話をしたんです」

「部屋の前まで行かれて確認されているのなら、勘違いではなさそうですね。それではこれから寮にもどります。一緒に部屋に入ってもらってもいいですか？」

「本当に部屋にいないんですか、じゃあ一体、あれは誰……？　と、とにかくすぐに戻ってください」

嫌な予感しかない。奈緒の部屋にいる人物は、もしかして安藤なのだろうか？　なんのために忍び込んで騒いでいるのか？　おまけに部屋を荒らされている可能性が大なのが辛いが、一体どうやって鍵を開けたのかも気になる。

これは警察案件ではないだろうか？　かと言って、忍び込んだ人物を見ないことにはなんとも言えない。

奈緒は病棟に電話をして、休み中の師長から折り返しをお願いした。タクシーで寮に向かいながら名波にも連絡をする。

「お仕事中でした？　ごめんなさい」

「いや、そろそろ帰ろうかと思っていた。どうした？」

名波の気遣うような声を聞いて、安心感に包まれる。

「寮から電話があって、私の部屋から男性の声とうるさい音がしているそうで、今から向かっています」

「本当か？　俺もこれから寮に向かう」

「ごめんなさい。迷惑をかけて」

「奈緒が謝ることじゃない。師長には連絡したのか？」

「はい。折り返しの電話を待っているところです」

「そうか。じゃあ俺は切るぞ」

そろそろ寮の建物が見えてきた。タクシーの運転手に料金を払い管理人室に向かう途中で師長から連絡が入る。

奈緒は手短に説明をして、これから管理人と一緒に部屋に向かうと伝えた。師長も近くにいるからすぐに寮に向かうと言ってくれて、奈緒は心強く感じた。

寮に着きタクシーから出た所に中年の女性が近づいてきた。管理人だ。

「三浦です、ご迷惑をおかけしています」

「とんでもない。本当に部屋にいなかったんですね。じゃあ今部屋にいるのは誰？　三浦さん、心当たりはありますか？」

「いいえ、特には……」

事情を知らない管理人に安藤の名を出してもわからないだろう。それに少ない確率ではあるが、安藤でない可能性もある。奈緒がこれから自分の婚約者と師長が来ることを伝えると、管理人は少しホッとした表情になった。

「じゃあ少し待ちましょうか」

「はい」

しばらくすると、名波の車が見えてきた。その後を師長の車が付いてくる。

それぞれの車から名波と師長が降り立ち、奈緒は心細さから解放されてホッとする。師長が奈緒の肩に手を置き、声をかけてくれる。

「お待たせ！　まずは部屋にいる人物を確認しましょう」

「は、はい」

「奈緒、俺の後ろにいてくれ」

師長に付いて行こうとすると、名波に腕を取られる。

「何かあってはいけない。まずは俺が先に行くから、奈緒はなるべくドアから離れているようにしてくれ。部屋の鍵を渡してくれるか？」

「はい」

奈緒は鍵を渡し名波の言葉に従った。奈緒の前は師長で、後ろを管理人が付いてきて四人は奈緒の部屋に向かう。

部屋の前は静かだった。外から見た限りでは変わった所はなかったものの、キッチンの小窓から室内の灯りが漏れているので奈緒はハッとした。着替えをトランクに詰めて出ていった時に部屋の明かりは全て消してきたからだ。

中からは確かに人の気配がする。名波が背後の奈緒達に目配せをして、解錠して思いっきりドアを開いた。

中の様子が見えないけれど、名波の言葉で状況は察せられる。

「安藤、こんな所で何をしているんだ？」

やはり安藤だった。奈緒はガックリと肩を落として、聞こえてくる会話に集中する。

「な、名波……どうしてここに？」

「それは俺のセリフだ。なんでお前が奈緒の部屋にいるんだ？　鍵はどこから手に入れた？」

「どこだっていいだろう。それより、三浦さんをどこに隠した？　誕生日だから会いにきたのにいないなんて」

「誰の誕生日なんだ？」

「僕のだよ。一緒に祝いたいだろうと思って来てあげたのに、いないから待ってあげているんだ。君は帰ってくれないか」

丁寧な物言いだが、内容は完全にイカれている。奈緒は思わず後ろの管理人と目を見合わせた。どうして安藤の誕生日に、寮の自室に突撃されなくてはいけないのか？　安藤はコーヒーショップではっきりと拒絶されたのを忘れているのだろうか？　彼の頭の中は、奈緒には理解不能だ。

こんな人間のために辛い思いをして二年を過ごしたのかと思うと、今になって怒りがぶり返してくる。

『いい加減にして！　私に執着しないで！　私の視界から消えて！』

そう言いたくて、一歩足を踏み出した。しかし、師長にガシッと腕を掴まれて動きを止める。師長が首を振って行ってはだめだと奈緒に目で伝えてくる。

その必死な表情に奈緒は不安を覚え、ドアの陰に隠れた。その間も名波が安藤に話をしている。

「そろそろ警察が着く頃なんだが、いい加減に家に帰ってくれないか？　それとも捕まりたいか？」

「ど、どうして警察を？」

「不法侵入は犯罪で、住居侵入罪は三年以上の懲役又は十万円以下の罰金を課せられる。医師免許が剥奪《はくだつ》されてもいいのか？」

「……えっ、それは困る」

今更だが、安藤が動揺し始めた。師長が奈緒の手を取り、管理人室に逃げるように小声で指示をする。奈緒と管理人は師長の言葉に頷き、静かに下階に向かう。

名波が心配だったが、自分の安全を考えてくれた二人の思いを無にはできない。奈緒は管理人室の窓を少しだけ開けてもらい、少しでも外の動きを知ろうと陰に隠れて窓の外の様子を窺った。

やがて、一台の車が現れて男性が降り立つのが見えた。それは安藤の父親だった。奈緒はその顔を見た途端、過去の嫌な思いが蘇りお腹が痛くなる。

安藤自身に罵倒されたのも辛かったが治療上の行き違いもあったため、自分も一分《いちぶ》くらいは悪いところがあった気がして耐えたが、安藤の父親である小児外科教授から受けたハラスメントは許すことができないし、彼に対する恐怖心もまだ残っている。

奈緒は震える手を握りしめて彼が階段を上がる音を聞いていた。では警察は来ないのか？安藤を警察に引き渡すよりも父親に監視させた方がいいと名波、あるいは師長が考えたのだろう。

奈緒もこの後に及んでもなお、警察よりは父親に監視させた方がいいかもと考えていた。

安藤の父親がやってきてから数分後、数人の足音と安藤の声が下階まで聞こえてきた。

「お父さん、だからぁ僕は騙されたんだってば！」

そう叫ぶ安藤を、父親が小声で嗜《たしな》める。

「いいから私と家に帰るんだ」

階段を下り、安藤を車内に閉じ込めたまま三人が外に立ち、名波が安藤の父に厳しい口調で話をしている。

「安藤さん、今後私の婚約者が迷惑行為を受けたり危害を受けることがあれば、迷いなく警察に連絡をします。なお、今回の被害の請求については弁護士を通じて連絡を入れますので」

「まことに申し訳ない。何卒《なにとぞ》よしなにお願いしたい」

「よしなに……おたく達のためを思って容赦したんじゃない。全ては彼女を守るためだ。でも、これ以上、安藤が騒ぎを起こすなら、俺は全力をかけて安藤家をぶっ潰しますよ。そこは理解しておいてください。ま、詳細は弁護士から……そうだ、ちょっと待ってください」

名波は管理人室に入ってくると奈緒に声をかける。

「奈緒、あいつらに言いたいことはあるか？」

言いたいことは、全部名波が言ってくれた。奈緒は首を振って不安げな笑みを向ける。

「ないです。早く彼らに消えてほしい」

「わかった」

名波は安藤の父のそばに行くと、奈緒の伝言を伝えた。

「では、早くここから消えてください。そして、親子ともども二度と我々の前に姿を現さないように」

「……くっ」

父親の顔は見えないが、悔しそうな声を出して車に乗り込む音が聞こえる。……やがて、名波と師長が管理人室に入ってきた。

「奈緒、全てを見せずにすまなかった」

「三浦さん、大丈夫？」

二人に声をかけられ奈緒は頷く。

「大丈夫です。あの、部屋に戻れますか？　片付けをしたいのですが……」

「それは……」

名波が辛そうに奈緒を見る。すると、師長が奈緒の手を取った。

「三浦さん、見ない方がいいと思う。あなたの私物は全て部屋中にばら撒《ま》かれて汚されてしまっていたの。名波先生と私はひと目見て何をされたのかわかってしまったわ。この言葉だけで三浦さんには伝わるよね？　だから、後始末は別の人に……業者さんに頼んだ方がいいと思うわ」

「奈緒、汚されていないものは残すようにして俺が片付けようか？」

二人の言葉と表情で、自分の部屋と私物が何をされたのかがわかってしまった。奈緒はガックリと肩を落としてうつむく。

「わかりました……業者さんにクリーニングをしてもらいます。私物は新たに買い揃えたものばかりだったので、捨てても大丈夫です」

名波が奈緒の肩をそっと抱き寄せる。

「全部俺が手配する。奈緒はしばらく休みをもらった方がいい。師長いいですよね？　奈緒が休んでいる間に、安藤に協力した人物の処罰をお願いします」

「……えっ、そんな人がいたんですか？　どういうこと？」

「奈緒がここにいる間に安藤から聞き出したんだが、安藤に奈緒の部屋の鍵を渡した人物がいたんだ」

「誰ですか？」

師長が奈緒に申し訳なさそうに頭を下げる。

「沢田さんだった。……安藤先生にそそのかされて、総務から寮の合鍵を持ち出した可能性が高いの。これから病院に戻って確認して看護部長にも報告をするわ。彼女の処罰は月曜に下すつもりよ」

「沢田さんが……」

安藤絡みの愚かな行為で看護師としての仕事を奪われ部署を変えられたのに、まだ未練があったのか？　それにしても、自分に好意を寄せている女性を使って鍵を盗ませるなんて、安藤のやり方には反吐《へど》が出る。

奈緒はとても疲れてしまい、名波の肩に頭を預けて目を閉じた。

「三浦さん、数日間休んでちょうだい。何かあれば連絡をするから」

「はい。師長すみません、よろしくお願いします」

奈緒達は管理人に詫びを言い、寮を後にしたのだった。

第十章　入籍と奈緒の成長

安藤事件から奈緒は仕事を休んで名波の部屋で静かに過ごしていた。名波は忙しい仕事の合間に実家と懇意にしている弁護士に事情を説明して、安藤に対する慰謝料請求を進めてくれた。その安藤だが、名波によると病院には出てこなくなり、休職中となっているらしい。師長が動いてくれたおかげで、どうやら安藤とは病院で顔を合わさずに済みそうだ。

奈緒は三日間の休みの後、出勤することを決めた。

名波と一緒に出勤して病棟に向かう。たった三日休んだだけなのに、一ヶ月くらいここにいなかったような気になってくる。

しかしすぐに勘が戻ってきて、忙しく病棟内を歩き回っていた。

昼食を同僚と摂り、休みに至る事件について質問され、可能なかぎりの話をした。いたわりの言葉をもらい、穏やかに談笑して昼休みを終える。

病棟で仕事をしていると、師長から呼ばれ談話室に向かう。

「忙しいところをごめんなさいね」

「大丈夫です。お話は、安藤先生と沢田さんのことですよね？」

「ええ。看護部長と相談して、処罰が決まったので三浦さんに報告をと思ってね。まず、最初に言っておきたいことがあるの」

「はい……」

何を言われるのだろうかと奈緒は緊張した面持ちで師長を見つめていた。やはり二年前の悪夢が蘇ってくるのは否めない。師長を信頼しているけれど、正直怖いと思った。

「今回のこと、もしかして三浦さんは自分にも責任があると思っているんじゃないかしら？」

どちらに転ぶかわからない問いだと思いながら、奈緒は真摯に答えた。

「そんな発想はいけないと自分に言い聞かせるんですが、どうしても、あの時こうしていれば……と反省ばかりをしてしまいます。特に沢田さんに対してはそう思うことがあるんです。今回も、ご迷惑をおかけして申し訳ありませんでした」

椅子に座ったままではあるが、奈緒は深々と頭を下げた。

すると、師長が焦ったように奈緒に話しかける。

「とんでもない！　三浦さん顔を上げて。私の話し方が下手でごめんなさい。部長とも話をしたんだけど、三浦さんに落ち度は全くないと言いたかったのよ」

「えっ……？」

「安藤先生が、用もなく朝夕に病棟を徘徊して三浦さんを探していたと報告を受けていたのに、小児科医局に相談をしただけでそれ以上のことをしなかったことが、今回の事件に繋がったのではないか……と看護部の管理者達は大変反省したの」

「そんな……」

医師はピラミッドの頂点にいる人達だ。いくら看護部長といえども、付きまといくらいで医局に強く言えるものではない。奈緒は看護部の管理者達に落ち度はないと思っていた。

師長は奈緒に少し笑みを浮かべて話を続ける。

「で、安藤先生なんだけど、仕事の面でもあまり良い評価を受けていないらしく、この事件を起こす前から異動を検討されていたらしいわ」

「そうなんですか？」

「ええ。安藤先生の処遇は、解雇ということになりました。二度とこの大学病院に足を踏み入れることはないし、都内で仕事はできないでしょう。聞くところによると、ご家族が精神科に入院させたということなので、三浦さんは安心してちょうだい」

「入院。そうだったんですか……」

「それと、沢田さんですが、彼女も昨日付で解雇となりました。鍵を盗んだことを最初は否定していたんだけど、安藤先生が白状したと伝えたら、途端に安藤先生に脅されて鍵を盗んだと涙ながらに訴えたわ。いずれにしても解雇だと看護部長が伝えると逆ギレしていたけれど……」

師長は、ハァ……とため息をついて、こめかみをさすった。

「師長、重ね重ね、お世話になりました」

一緒に安藤の対応に当たってくれたとはいえ、今回も上司は自分を信じてくれた……。

奈緒はありがたく思い頭を下げると、師長は笑って首を振る。

「あのね、三浦さんはどちらも巻き込まれただけだから責任はないの。その代わり、これからもこういう人たちは出てくるかもしれないから、気を強く持って対応してほしいと思うわ。ぶっちゃけ、言っていい？」

「は、はい」

「三浦さんの優しい人柄を私は大好きよ。でも、時には図太くなってもいいと思うわ。多分、歳を追うごとに経験を積んで強くなっていくと思うから、あまり心配はしてないのだけどね。……これからもウチの病棟で頑張ってちょうだい」

「師長……本当にありがとうございます。図太く……胸に刻みます」


翌週。

名波と共に奈緒の実家に挨拶に行き、二人は両親に結婚を祝福された。

三人きょうだいの真ん中の奈緒は、姉と弟がわざわざ実家に戻っていたことに驚きつつ、家族全員に名波を紹介したのだった。

弟は名波に一瞬で懐いたが、姉は名波を一目見るなり奈緒を別室に連れて行き『騙されてない？』とめちゃくちゃ心配された。

離れていた間も互いを想っていたことと、四面楚歌《しめんそか》だった奈緒を救った人だと説明すると、ようやく安心してくれたのだった。

その週の佳《よ》き日に、奈緒と名波は入籍を果たした。

前日に二人で教授に挨拶に行ったのだが、教授は『僕のおかげだろう？』と名波に得意げに話すので奈緒は子供みたいだと笑った。

名波はにこりともせずに奈緒に言う。

「奈緒、そこ笑うところじゃないぞ。このタヌキ親父は俺に貸しを作ってこき使おうと思っているんだから」

「名波君よくわかっているじゃないか。なんなら来週にでもアメリカの救急医療の実態について医学部で特別講演をしないか？」

「しません。そうでなくても教授が手術した入院患者を俺一人で診ているんですから忙しいんです。大体、泣きついてくる知り合いの手術を全部受けていたら、体がいくつあっても足りませんよ。知ってます？　教授も俺も『人間』なんですよ？」

「まぁそうだね。でも名波君のスタミナなら楽勝だろう？」

「何を言ってるんですか？」

名波が呆れて言葉を失っているので、奈緒は前から気になっていたことを教授に聞いてみることにした。

「あの、安藤先生のことでお聞きしたいことがあるんですけど……」

「ん？　どんなこと？」

「二年前の医療事故の際に、教授に相談に乗ってもらったと安藤先生から聞いたんですけど、本当でしょうか？　それから、外科に適性がないと悩んでいる時に、小児科に転向するよう後押しをされたとか……あの、事実なんでしょうか？」

奈緒の問いに教授は目を丸くして口をポカンと開けている。

どう見ても、予期せぬことを聞かされて驚いた顔だ。失礼だとは思ったが、教授のこんなアホ顔を奈緒は初めて見た。

「えっ、ちょっと待って！　僕が安藤君と接点があったのは彼が研修医の時だけだよ。彼が本当にそんなことを言っていたの？」

「はい。教授と懇意にしていると、わざわざ私に話していました。それを聞いて最初のうちは、安藤先生への好感度がマイナスからゼロに上がったんですけど……でも、次第に本当だろうかと疑い始めていました」

奈緒の言葉に教授は「はぁ……」とため息を吐く。

「医療事故の事実が判明した後で、彼の父親にはチラッと相談された。その時に外科は無理だろうねとは伝えたんだ。安藤くんとは話してないよ。だって、安藤君と親しくしたら、僕は名波君に嫌われちゃうよ。そんな危険は冒したくない」

なんとも教授らしい答えに調子抜けしつつ、奈緒はいい意味で安心した。

「安藤は奈緒にそんな作り話もしていたのか、平気で嘘をつく……まるでサイコパスだな」

名波が吐いて捨てるような言い方をするので、奈緒は苦笑しながら頷いた。

「心を入れ替えたと、真剣な顔で謝罪されて私も騙されましたから……。安藤先生は、本当に恐ろしい方だったんですね。これからは、善人顔をして耳障りの良いことを言う人には注意しようと思います。私もいい勉強をしました」

「善人顔で耳障りの良いことを言う人って……それ僕のことじゃない？」

「ははっ！　確かに教授だ」

教授と名波が顔を見合わせて笑うので、奈緒も笑って注釈を付け加える。

「教授は善悪のバランスが絶妙ですし、懸命に仕事をする部下は何があっても大事にしてくれると信じていますから、安藤先生とは全然別物です」

「善悪のバランスって……。三浦君、君、大人になったねぇ。これなら何が起こっても大丈夫だ」

奈緒の失礼な発言に、教授は目を細めて笑った。意外にもブラックな言葉をさらっと本人に告げる奈緒の茶目っ気に、名波も魅了されたのだった。

その後の安藤だが、投薬のおかげで精神状態が落ち着き、今は退院して実家に籠っているそうだ。奈緒はそれを主任から聞いて、まだ都内にいるのだと知りゾッとした。

そんなある日、病棟のメールボックスに奈緒宛の郵便物が届いた。旧姓のままなので、誰からだろうと裏を見てギョッとする。

差出人は安藤だった。

奈緒は手紙を指でつまんで、隣にいた師長に声をかける。

「し、師長っ！」

声変わりをしたニワトリみたいな声で奈緒が呼ぶものだから、怪訝そうな顔で師長がこちらを向く。

「どうしたの？　エヘン虫？　トローチあげるわよ」

「違うんですっ！　こ、これ！」

手紙を師長に渡し、奈緒は思いっきり声を上げたい衝動を押さえ込む。全身に鳥肌が立つようなそんな感覚に襲われて、いてもたってもいられない。

手紙の差出人を見た師長が「うわッ！」と大きな声を上げ、咄嗟に手紙から手を離した。

「もー、何やってんですか？」

日勤だった香がヒョイと手紙を拾い、差出人を見て「ゲッ！」と叫ぶ。

「奈緒、こ、これっ！　アイツじゃん」

「小坂さん、お静かに！　名波さん、これどうする？　受け取り拒否もできるけど」

「できるんですか？　ならお願いしたいです！」

「わかった。何が書かれているか知りたくもあるけど……いや見たくないか」

「はい。知りたくないです」

「了解。この封筒の写真だけ撮って総務に渡しておくわ。あと、また来たら同じ対応で良い？」

「また……？　はい。すみません、お願いします」

師長は立ち上がり病棟事務を呼んだ。

「おーい事務さん、お願いがあるんだけど……」

解雇されてもなお粘着体質な安藤に、奈緒達は肝を冷やしたのだった。

第十一章　その後の二人

その夜、奈緒は遅い時間に帰宅した名波に、安藤から手紙が届いたことを知らせることにした。

食事を終え、風呂でさっぱりした名波がリビングのソファーに腰をかけたところで話しかける。

「今日、安藤先生から病院に三浦奈緒宛で封書が届きました」

水を飲んでいた名波が吹きそうになった。

「……なんだって？」

「師長に相談して、受け取り拒否にしてもらいました」

「なんなんだアイツは！　それにしても……筋金入りのストーカーだな。手紙が来た証拠を残して専門部署に渡してもよかったのに」

「師長が写真を撮ってくれたので、多分提出してくれたと思います。まぁでも、ドクター達にもおかしな手紙なんてわりと来るんじゃないですか？」

「来るね。誰でも一度や二度は、恐怖体験をしていると思う」

「涼一さんも？」

奈緒が尋ねると名波は軽く頷いている。

邪な人間は名波みたいに強気な人物には取《と》り憑《つ》かない気もするが、そうでもないらしい。

思い出したのか、ブルブルッと背中を震わせてお水を飲んでいる。名波の恐怖体験を聞いてみたい気もするが、今日はもうその類の話題にはお腹いっぱいだ。

「聞くか？」

名波は聞かせたいようだが、奈緒は丁重にお断りした。

「ううん。聞いたら眠れなくなりそう」

「そうだな、運動して寝るか」

「はい。おやすみなさい」

奈緒は持ち運びができるテーブルランプと最近購入した甘い香りのキャンドルを手に寝室に向かう。

名波は運動をすると言っていたので、マンション地下のジムかトレーニングルームにしている部屋で筋トレをするのだろう。

寝室に入りキャンドルに火を灯してサイドテーブルにおく。このキャンドルはイランイランの香りだ。

リラックス効果があるが、実は催淫効果も高いとされている。奈緒は効果を気にせずに、好きな香りを選んでいるだけだ。

ベッドで読みかけの短編を読んでいたが、秒で睡魔が襲ってきたのでキャンドルを消して本を置いた。

早くも名波が入ってきてマットレスが揺れる。運動はしなかったみたいだ。

「ん、甘いな」

「キャンドル……いい香りでしょ？」

「うん。奈緒、もう寝るのか？」

「ん……」

奈緒はすでに半分眠りに落ちかけている。

今日も色々あったなー。などと考えながら、心地よい眠りに入ったつもりだったのだが……

背中を毛布みたいに温かいもので包まれてハッと目を開ける。

「……え？」

やけに肌が敏感になったような気がして、お腹の辺りを触ると、着ていたはずのパジャマがない。

（あれ？　私、裸？）

「奈緒……」

名波の声がしていきなりうつ伏せにされ、髪の毛を撫でられる。

「涼一さん……？　え、あっ……きゃ」

髪の毛が横に流されて、首筋に温かいものが押し当てられる。そのまま強く吸われ、思わず声が漏れる。

奈緒はうつ伏せで横たわる格好にされ、その上に名波が覆い被さっているのだ。

体重をそんなにかけられているわけではないのに、身動きができない。

ベッドに磔《はりつけ》にされたままで、首筋にキスの雨が降る。唇を押し当て舌で突かれ、強くはないけれど、確実に甘い快感にじわじわと責めたてられる。

ガサガサと耳に舌先が入ってくると、くすぐったさと快感が同時にやってきて肩を上げて逃げようとするが動けない。

「あ……っ、やぁ……っ、あ、ふ……」

首を振り、なんとかくすぐったさから逃れたけれど、名波の手で腰が持ち上げられ、まるでヨガの胎児のポーズみたいに両膝を折ってうつ伏せになる。

これじゃあお尻を持ち上げて誘っているみたいで、いくら寝室でも恥ずかしすぎる。

「涼一さん、これ……恥ずか……」

起きあがろうとすると、背後から乳房を掴まれ奈緒の動きが止まる。

「奈緒、いい眺めだよ。撮って見せてやりたいくらいだ」

「や……っ、それは……っ、いや……っ、あ、あッ、あぁ……っ」

乳房を揉みながら、指で先端が擦られ愉悦が生まれる。思わず腰が揺れて、名波のくぐもった笑い声が耳をくすぐる。

指先で両方の乳首を摘み擦られると快感に体がビクッと震えてくる。

「あっ、あっ、あっ、あぅ……」

今夜はなぜか、いつもよりもずっと気持ちがよくて、恥ずかしいくらいに感じてしまう。声を我慢しているつもりなのに、酷く感じているのが荒い息遣いでバレてしまいそう。

名波の片手が乳房を離れヒップを撫で下ろし、愛液に塗れた花弁を何度も指で擦る。

「あぁッ！」

「奈緒、すごく濡れている。そんなに感じた？」

「ん……わかんない。でも、ちょっと怖いのに気持ちよくて……涼一さんだから、後ろから襲われても大丈夫なんだけど……」

花弁を擦られるたびに水音のボリュームが上がっている気がして。それもはずかしい。

奥に隠れた尖りが爪で弾かれて、熱いような刺激に腰が震える。

尖りはますますぷっくりと膨れ、愛液で滑った指で円を描くように擦られると、蕩けるような愉悦に奈緒は声を上げた。

「んっ、んっ、んんっ……んっ、ん、んぁ……っ」

尖りが指で強く押され、腰から激しい刺激が走り抜けた。

「あぁッ！」

一気に達して、奈緒はうつ伏せのまま荒い息を吐く。突き出したヒップを名波が撫で、指がスッと膣中に入り込んだ。

「うう……」

「奈緒……このまま挿《い》れてもいい？」

「ん……ぇ、このままって……な……あぁッ！」

入るのは指かと思ったのが間違いだった。いきなり剛直が蜜口から沈められ、激しい快感に悲鳴を上げる。

「りょうい……ちさ……ん、ぁ……っ、や、あぁ……」

一度埋めた楔を抜き、ゆっくりと押し入ってくる。その動作を何度も繰り返されて、愉悦に膝がガクガクと震える。

中を抉るように突いては抜ける寸前まで腰を引きまたゆっくりと穿たれる。それを繰り返すごとに中襞が楔を追うように蠢《うごめ》き、蜜口から粘っこい愛液が溢れ出す。

ピチャピチャと水音が立ち、肌を擦る音を耳にすると、益々《ますます》気持ちが昂ってくる。

いつもよりずっと気持ちいいと感じるのは、キャンドルの催淫効果のせいだろうか？　そう考えた所で奈緒はハッと気がついた。

ゴムの擦れる音が聞こえない。

「涼一さ……？」

ゴムの有無を尋ねようとしたその時、名波が熱い吐息を洩らし、腰を押し付けてくる。

「あぁ……奈緒、締め付けてくる……すごい」

奥の深いところを突かれ小刻みに腰を揺らされると、中奥が疼き奈緒は無意識に腰を揺らしていた。

長い腕が伸び乳首が指の腹で擦られると、極甘の快感に内腿が震えてへたりこみそうになる。膣中で剛直がさらに容量を増したように感じられて、もうこれ以上は腰を上げていられない。

快感が強すぎて、奈緒は両手をついたまま後ろを振り返った。

「あぁ、もぉ、ムリ……っ」

「奈緒……」

瞼を半分閉じ、熱にうかされたような甘い表情で名波が奈緒を見つめる。その顔に見惚れていると、顔を近づけ舌を差し出してきた。奈緒も舌を出し唇が重なる。

「んっ、んっ、んんっ……」

背後から繋がるという不自由な体勢で舌を絡ませ互いの口を吸う。名波の舌が甘くて、そこから媚薬《びやく》でも盛られたように愉悦が体を満たしていく。

魔法のような一瞬が去り、唇が離れ、奈緒は激しく後ろから突き上げられる。

隘路を剛直が擦り上げ、最奥を突き子宮口をこじ開けようとする。肌を打つ乾いた音が響き、乳房が振り子のように揺れる。

「はっ、はっ、はぁッ、はぁ……っ、あ、やぁ……奥キッ……あ、やぁーー」

何度も何度も腰が打ち付けられ、最奥を突き上げられ奥に押しつけられた瞬間……奈緒は激しく達した。

同時に達した名波が剛直を抜くと、中壁が戦慄きビクビクッと快感で腰が波打つ。

「はぅ……っ」

うつ伏せのまま完全に脱力した奈緒の隣に名波がドサッと横たわる。奈緒の髪を撫で、背中からヒップの線を指でなぞり囁いた。

「奈緒……」

「ん……」

「シャワー浴びないか？」

「眠いの、無理……」

汗やそのほかの色々なもので体が汚れているのはわかっている。おまけに中に精を放たれたから絶対に洗った方がいい。でも、体力を使い果たして奈緒は起き上がれなかった。

「体を洗った方がいいぞ」

「ん……洗って」

冗談のつもりだった。それなのに、名波は奈緒を仰向けにして上半身を起こすと、横抱きにして浴室に運んだ。浴室の椅子に座らされ、奈緒は熱いシャワーをかけられて一気に目が醒《さ》める。

「涼一さん？　何しているの？」

「奈緒を洗っているんだ。色々と俺が汚したから綺麗にしておかないと」

そう言って脚の間も丹念に洗っている。

奈緒が立ち上がると、洗った脚の間から白濁した液がドロッとこぼれ落ちた。

「あ……」

シャワーを浴びている名波を見つめ、つぶやく。

「出ちゃった」

名波は奈緒の脚の汚れを洗い流しギューッと抱きしめる。

「奈緒、かわいいなぁ……もっと抱いて、抱き潰したい」

「……それは、長い休暇をとった時に限定してほしいです……よ」

「うん、わかっている……出ようか？」

「はい」


ベッドに横になったが、さっき寝入りばなを襲われたので、目が冴《さ》えて眠れない。かたや、名波はすでに寝息を立てている。

（む。なんだか悔しい）

それでも、奈緒は今、幸せを噛み締めていた。

罪をなすりつけられて悲嘆に暮れた時も、島で看護師として暮らした時も、ヤケになるまいと自分を律してきた。

あの時期はとても困難な日々で、奈緒を癒してくれたのは、島の風や海、穏やかで素朴な人達。そして、いつも心に住んでいた名波だった。

時折、あの頃の切ない気持ちが胸をよぎるけれど、隣で寝息を立てている名波を見ていると、全てがここに辿り着くために必要なことだったのだと思う。

（安藤先生絡みのあれやこれは必要ないけどねっ）

奈緒が身じろぎをすると、名波が何かをボソボソと言いながら肩を抱き寄せてくれた。奈緒はその腰に腕を回してギュッと抱きしめ、そのまま目を閉じたのだった。

エピローグ

名波と結婚した翌年の三月の最終日のこと。

奈緒はおしゃれをして名波をデートに誘い、とあるバーを訪れた。

地下への階段を下り、何の変哲のない黒いドアを開けると、渋いインテリアと静かな音楽の中で白髪の男性がシェーカーを振っていた。

ここは、三年前職場を追われた奈緒が名波に連れられて訪れたバーだ。

白髪の男性は、奈緒の恩師の米山教授の従兄弟さんだとあの日名波に教えられた。

カウンターに二人並んで座り、飲み物を注文する。奈緒はマスターにさりげない口調で話しかけた。

「私達、三年前の今日、このバーに来たことがあるんです」

マスターは唐突な奈緒の言葉に驚きもせずに、柔和な笑みを浮かべる。

「覚えていますよ。お客様は綺麗な花束を持っておいででした」

「……えっ？　本当に覚えていらっしゃるんですか？」

「はい。印象的なお客様だったので、覚えております。……お二人共、悲しそうなお顔でしたが、お互いを思《おも》い遣《や》っているように見受けられました。花束をお持ちでしたので、別れの日なのかと勝手に心配しておりましたが……」

マスターが名波にウイスキーのロックを、奈緒にはノンアルコールビールを注ぎ、さりげなく二人の手元を見て笑顔を見せた。

「ご結婚されたのでしょうか？　おめでとうございます」

「あ、ありがとうございます」

奈緒は名波と顔を見合わせて微笑んだ。

「あの……私達、米山教授の元で仕事をしています。あの日、マスターと教授が従兄弟さんだと主人から聞かされて、びっくりしたんです」

「ああ、そうでしたか。彼は元気ですか？　最近はとんと寄りつきませんで、連絡がないので生きてはいるのだろうとは思っておりましたが」

「ふふっ。とてもお元気で、部下をこき使っています」

「ああ……そういう男です」

マスターがため息をついて教授を評する。奈緒と名波は、上司の顔を思い浮かべて苦笑した。

別の客が入ってきて、マスターは奈緒達の側を離れる。

名波がウイスキーを一口飲みコースターに置くと、氷がカランと音を立てた。

「思い出の店だ」

低い声で奈緒に囁く。

「はい。この店であなたと始まったんですもの」

カウンターに置いた奈緒の手を名波がギュッと握る。

「今日、どうしてこの店に来ようと思ったんだ？」

聞かれるだろうと思っていた。

「私……人生の節目に訪れたくなる店が自分にもあるといいな……って。そうしたらこのバーを思い出して、そうだ、この店であなたとの縁が繋がったから、人生の節目に訪れる店はここにしようって決めたんです」

「奈緒の人生の節目がここ最近あったのか？」

「はい」

奈緒の落ち着き払った態度に、名波は若干の不安を滲ませて問いかける。

「俺には全く思いつかないんだが、奈緒、教えてくれないか？」

「知りたいですか？」

すでに必死の形相になった名波の目の前で、奈緒は微笑んでビールグラスを持ち上げるとクイっと飲み干した。

「マスター、もう一杯ノンアルビールをください」

これで気がつかなければ、奈緒は名波の愛情と頭脳を疑わなくてはいけない。だって、奈緒をこんな状態にしたのは名波なのだから。

繊細なグラスにノンアルビールが注がれた。奈緒はグラスに指をかけ、名波に意味ありげな視線を送る。

「涼一さん、謎は解けました?」

眉間に一本の縦シワを浮かべて名波は奈緒を見つめ、それから視線をゆっくりとグラスに向けた。

もう一度奈緒に視線を戻すと、緊張で固く結ばれていた口元が大きく弧を描き、晴れやかな笑顔に変わる。

「妊娠したのか?」

「……はい。七週です」

名波が目を潤ませて奈緒を見つめるが、感情が溢れて言葉に詰まり何も言えない。

珍しいことだ、この男が言葉を失うだなんて。

ストレスの多い職場だから、妊娠は難しいのかもしれないと思っていた。

しかしここ最近、奈緒を悩ませていた諸々《もろもろ》の問題が徐々に解消されつつあり、今まで以上に生き生きと仕事ができる環境になってきた。

まず、香が認定看護師の長いカリキュラムを無事修了して、あとは認定審査を受けるのみとなったことだ。香が合格すれば、奈緒の仕事の負担がかなり減る。

そして、名波が四月から本格的に医学部の講師の仕事に就くことになったことだ。大学病院では教授の無茶《むちゃ》振りに対応できる後輩が育ち、名波の仕事の負担も減った。

最後に、奈緒の天敵である安藤が父親の引っ越しに伴い地方に転居したことがわかったのだ。教授が飲み会でその噂を仕入れてくれた。

なお、安藤は懲りずに三浦奈緒宛で手紙を合計三通送ってきたが、いずれも封を開けずに返送手続きを行なった。

店を出る際に、奈緒はマスターに声をかけた。

「また来ます」

「はい。お待ちしています」

バーを出て階段を上る間、名波は奈緒の背後に張り付いて離れない。

歩きにくいからやめてほしいのだが、階段を落ちたら大変だと言って、奈緒の訴えは却下された。

タクシー乗り場まで手を繋いで歩きながら、奈緒は名波の教育を始める。

「そんなに神経質にならないで、息がつまるから。普通でいいのよ」

「これが俺の普通だ。産婦人科はどこにする？　俺の知り合いに優秀な奴がいるが……いや男はダメだ、女医で誰か……」

「涼一さん！」

「え？」

奈緒は名波の手を離し、自分の腰に手を当てて声を上げる。

「落ち着いてください。産婦人科は私が決めるし、あなたはドンと構えて私がお願いしたことをしてくれればいいの。お願い、私の大好きないつもの名波涼一に戻って！」

「……はい」

一旦冷静になった名波と、再び手を繋いでタクシー乗り場に向かう。

「なあ、奈緒」

「なあに？」

「名前……何にする？」

そう、やっぱり名波は嬉しすぎて落ち着かないのだ。仕方がない、今日一日くらいは浮かれてもいい。

奈緒は微笑んで繋いだ手をギュッと握った。

「そうねえ、男なら……」

二人の行き先には街の明かりがダイヤモンドのように煌めいていた。奈緒はそれを眺めながらふと思いつく。

「光《ひかり》なんてどう？　波が光るなんて素敵だと思わない？」

そう言って名波を見上げるのだった。

あとがき

こんにちは！　連城寺のあです。

『もう一度逢えたなら～イケメン外科医に再会したらゼロ距離で溺愛されてます～』をお手に取っていただき、ありがとうございます。

ルネッタブックスさまでの三作目は、再会ものとなりました。

今作のヒロインは、医療事故の汚名を着せられ大好きな職場を追われてしまうのですが、そんな彼女にも味方はいて、密かに恋心を抱いていた医師に誘われ、とあるバーを訪れます。

そこでヒロインは酔いつぶれてしまい、目覚めた後で自暴自棄になり大胆な行動をとるのですが、医師はそんなヒロインを優しく包み込み癒してくれるのです。

しかし、二人にはそれぞれの道があり……という感じでストーリーが始まります。

今回は凄腕な上に極甘な溺愛ヒーローです。ヒロインへ必死に愛を伝える姿に蕩けていただきたいと思います。

そんな甘い二人の表紙イラストを手がけて下さったのはカトーナオ先生です。これまで数々のイラストを拝見して素敵だなあと感じておりましたのでとても楽しみです。

カトー先生、ありがとうございました。

担当さま。今回も明確なアドバイスに助けられ改稿がスムーズに進みました。本当にいつもありがとうございます。

そして読者さま。

数ある現代物TL小説の中から、今作を選んで下さりありがとうございます。

医療に携わる人々を書くのが大好きで、リスペクトを込めつつ書き続けている連城寺ですが、これからも読者さまに『読んで良かった』と思っていただけるようなストーリーを生み出していけるよう励んでまいります。

またいつかお会いできる日を楽しみに……。

令和六年二月　連城寺のあ

ルネッタ𝓛ブックス

もう一度逢えたなら

～イケメン外科医に再会したらゼロ距離で溺愛されてます～

2024年2月25日　第１刷発行　定価はカバーに表示してあります

著　者　**連城寺のあ**　©NOA RENJOUJI 2024
発行人　鈴木幸辰
発行所　株式会社ハーパーコリンズ・ジャパン
東京都千代田区大手町 1-5-1
04-2951-2000（注文）
0570-008091　（読者サービス係）

印刷・製本　中央精版印刷株式会社

Printed in Japan ©K.K.HarperCollins Japan 2024
ISBN978-4-596-53573-3